MW01136310

LO QUE EL TIEMPO OLVIDÓ

Lorena Franco

Lo que el tiempo olvidó

Todos los derechos reservados.

9 de noviembre, 1920

Brooklyn, Nueva York

Paul y Emily nacieron una fría noche de noviembre con tan solo dos horas de diferencia. Dos horas que marcarían el destino de sus vidas para siempre. Sus respectivos padres eran amigos desde la infancia; pertenecientes a la alta sociedad neoyorquina con buenos cargos, habían planeado un futuro prometedor para sus respectivos hijos desde mucho antes de su concepción. La unión parecía inevitable. Ambas familias vivían en unas majestuosas casas colindantes de mediados del siglo XIX, en el acomodado barrio de Brooklyn: Clinton Hill.

Martha, esposa del importante banquero Robert Stuart, dio a luz en su amplia habitación a la pequeña

Emily a las tres menos diez de la tarde.

—¡Es una niña! —exclamó la comadrona, limpiando a la pequeña y entregándosela, inmediatamente, a su madre, agotada en su lecho.

—Solo espero que el vástago de Michael sea un niño —comentó Robert cómicamente, observando a la pequeña con orgullo.

—Robert, ¡cómo puedes pensar en eso ahora! Es preciosa... —murmuró Martha, acariciando el pequeño y delicado rostro de su niña, ya tranquila y protegida en brazos de su madre—. La llamaremos Emily... como mi madre.

Robert asintió complacido. Diez minutos más tarde le pidió un té a la sirvienta y se dirigió a la planta de abajo para encerrarse, como ya era habitual, en su despacho.

Dos horas antes, la dulce mujer de Michael Lee, Evelyn, trajo al mundo a un rollizo niño de preciosos ojos azules y cuatro pelos rubios.

—Niño, ¡es un niño! —gritó la comadrona, para que Michael, desde el pasillo, lo pudiera oír y entrar a conocer a su hijo.

—Evelyn, un niño. Espero que Michael traiga al mundo una niña —comentó Michael solemnemente, guiñándole un ojo a su esposa.

—Michael, por favor.

Cuando la comadrona entregó el bebé a su padre, a este se le olvidaron sus amigos vecinos y todo cuanto sucedía a su alrededor. Miró fijamente a los ojos aún cerrados de su hijo. Ya había dejado de llorar por la traumática experiencia de venir al mundo, y empezó a hablar con él.

—Vas a ser alguien importante, pequeño. Alguien muy importante. Vas a hacer grandes cosas y tendrás el honor de llevar el nombre de tu abuelo: Paul. Bienvenido al mundo, Paul Lee.

10 años más tarde

Ajenos al mundo que les rodeaba, Paul y Emily lo compartían todo. Juntos, siempre juntos con sus juegos infantiles, sus risas e inocentes miradas ansiosas por descubrirlo todo. Eran los mejores amigos, no podían vivir el uno sin el otro. Parecían estar unidos por un hilo invisible y poderoso que los atrajo desde su más tierna infancia. En la escuela se protegían, iban corriendo a todas partes y, cuando llegaba la hora de ir a cenar a sus respectivas casas y separarse, lloraban porque las horas que habían pasado juntos no eran suficientes para ellos.

Pasaban las horas en la buhardilla de la casa de Emily, repleta de juguetes y cuentos con historias mágicas por descubrir, aunque la imaginación de los niños era poderosa y no necesitaban de artilugios para divertirse. Inventaban guerras, juegos de piratas y de damiselas cuando Emily lograba convencer al testarudo de Paul. Siempre inseparables, siempre felices, siempre riendo. Sus padres estaban orgullosos de los niños y ya veían un futuro próspero en ellos. Unión matrimonial; la unión de dos importantes familias ante la sociedad neoyorquina que serían la envidia de todo su ámbito más cercano.

—Aun así, habrá que enderezar a Paul. Sus calificaciones en la escuela son deplorables —se lamentó Michael durante una cena en la que se habían reunido las dos parejas.

—Pasan demasiado tiempo jugando —afirmó el padre de Emily tajantemente.

—¡Por el amor de Dios, son niños! Deben jugar y disfrutar. Solo se es niño una vez —se compadeció Evelyn.

—Pero hay que pensar en el futuro —replicó su esposo—. Vienen tiempos difíciles, seguramente les tocará vivir guerras y Dios sabe qué más... Deben estar preparados y la formación es muy importante para ser un hombre de provecho.

Paul y Emily estaban en una habitación contigua escuchando la conversación de sus padres desde el umbral de la puerta. Se miraban sin entender la firmeza y dureza de las palabras que resonaban desde el salón principal. Tal y como había dicho Evelyn, eran niños. Solo niños.

Las palabras de Michael fueron obedecidas por todos. Dejaron de permitir a los niños sus juegos y sus felices tardes en la buhardilla imaginando otras vidas. Al acabar la escuela, a Paul lo encerraban en la biblioteca junto a una institutriz que lo ayudaba a estudiar y a centrarse en sus deberes para ser, tal y como había dicho su padre, un hombre de provecho en el futuro. Y, mientras tanto, Emily seguía en la buhardilla creando historias en soledad sin la compañía de su gran amigo. Sus inocentes miradas dejaron de ser felices a lo largo de esos meses. Eran sombrías y solitarias, como si cargaran una pesada mochila que no les correspondía a su edad.

12 de marzo, 1930

Brooklyn, Nueva York

Era un miércoles como cualquier otro. Aún hacía frío en las calles de Brooklyn y parecía que la primavera quería resistirse en llegar. El mejor momento del día para Paul y Emily, era cuando volvían junto a la ama de llaves de la familia Lee del colegio a casa. El peor, cuando los separaban para que, un día más, Paul se centrara en sus obligaciones y Emily jugara en la buhardilla sola.

—Te echo de menos —confesó la niña aquella tarde.

—Y yo, Emily... espero que me dejen volver a jugar contigo pronto —respondió el pequeño con tristeza.

—Yo también lo espero, Paul. Hasta mañana —se despidió la pequeña de rizos dorados y ojos azules como el mar, dándole un beso en la mejilla a su gran amigo, a lo que él respondió con una amplia sonrisa.

La última persona que vio a Emily fue Dorothy, la sirvienta. La recibió en casa con un vaso de leche y unas galletas para merendar. Sus padres, como siempre, estaban muy ocupados. Robert trabajando en su despacho y Martha en una asociación de mujeres aficionadas a la literatura de la que era presidenta.

Después de merendar, la pequeña Emily subió, como ya era habitual, a la buhardilla de fríos suelos de madera y una pequeña ventana en el techo cubierto de vigas. El lugar en el que, en un pasado cercano, pasaba horas contemplando las estrellas junto a Paul. Dorothy la observó subir las escaleras sin la felicidad y los brincos de meses anteriores junto a su amigo. A la niña le pesaban las piernas y su rostro sombrío miraba al suelo en todo momento. «Pobre niña», se lamentó la sirvienta, sin sospechar que nunca más volvería a verla bajando por las escaleras.

A las seis de la tarde llamaron a Emily para cenar. Normalmente la pequeña tardaba dos minutos en bajar. Los últimos meses habían sido aburridos; sus juegos se limitaban a tomar el té en tazas diminutas junto a ositos de peluche y muñecas de porcelana que no le daban conversación. No le costaba en absoluto abandonar la solitaria estancia de juegos para bajar a cenar, pero ese día no hubo respuesta. Sus padres esperaban ansiosos por empezar a degustar los manjares de la cena y, después de cinco minutos de desesperación, Martha decidió subir personalmente.

—Se habrá quedado dormida —le dijo a su esposo sonriendo. Este asintió con fastidio.

Martha subió a la buhardilla. Como siempre, las muñecas de porcelana y los ositos de peluche permanecían sentados en sus sillitas junto al té invisible de la tarde. No había rastro de Emily por ninguna parte.

La buhardilla estaba fría, triste, desolada... sin la presencia de la niña por ningún rincón. Martha miró a su alrededor con especial atención, gritó el nombre de su hija y sintió un repentino escalofrío. Bajó las escaleras hasta la segunda planta y buscó por todas las habitaciones. «¡Emily! ¡Emily!», se oía desde todos los rincones de la casa. Gritos desgarradores y desesperados por encontrar a Emily. El señor Stuart supo enseguida que algo no iba bien y, junto al servicio, buscaron a la pequeña por todas las habitaciones del hogar cientos de veces. Salieron al exterior, por si en algún momento a la niña le dio por ir a pasear, a comprar uno de los pasteles que preparaba la señora Doherty en su panadería o incluso escaparse a casa de los Lee como había sucedido en alguna ocasión. Pero seguían sin encontrarla.

—¿No ha venido aquí? —preguntó Martha

desesperada, entrando en el salón de los Lee. Paul observaba la escena intranquilo desde el salón.

—No, Martha. ¿Qué ha sucedido? —quiso saber Evelyn alarmada.

—Estaba jugando en la buhardilla... la hemos llamado a la hora de cenar, pero no estaba ahí... ni en ningún lugar de la casa. Emily ha desaparecido —explicó Martha, llevándose las manos a la cara y rompiendo a llorar al darse cuenta que su pequeña no estaba junto a ella.

—La encontraremos —dijo Michael a modo de promesa, con la firmeza que le caracterizaba.

Pero los días pasaron. Oscuros, lentos, pesados, tristes, muy tristes... Y Emily no apareció. La pequeña de diez años, de rizos de oro, ojos azules como el mar y amplia sonrisa inocente e infantil, se había esfumado como por arte de magia. En su armario quedaron los vestidos que tanto le gustaba lucir. Los zapatos que con tanto esmero había aprendido a limpiar. Sus juguetes ordenados y cuidados en la buhardilla tal y como los dejó, especialmente sus preferidos: Señor Oso y Señora Ricitos. Sus cuentos de historias imposibles y mágicas, olvidados en la estantería donde, con los años, se irían cubriendo de polvo.

Y su fiel amigo Paul, triste y solitario, buscando la manera de volver a ver a su otra mitad.

Abril, 1992

Brooklyn, Nueva York

Como cada mañana, April, una abogada de reconocido prestigio en Nueva York, se disponía a acabar de prepararlo todo para llevar a su hija Amy al colegio. El doce de marzo había cumplido once años. O al menos esa fue la fecha que eligió April junto a su marido John, porque ese fue el día que conocieron a la niña.

Era habitual ver a April esperando en el pasillo a su hija. Tardaba más de quince minutos en elegir la ropa; otros tantos para vestirse. Le encantaban los vestidos de flores y, a menudo, le robaba sus zapatos de tacón. Era coqueta y femenina, más que las niñas de su clase. Amy era diferente al resto. Ese día, mientras observaba cómo peinaba sus preciosos rizos de oro, April recordó la primera vez que la vio.

12 de marzo, 1991

Brooklyn

Hogar de April y John Thompson

Las siete de la tarde era la hora preferida de April y John. Sus profesiones eran agotadoras y requerían de una gran responsabilidad y concentración. Al matrimonio le gustaba encerrarse en la amplia y recientemente remodelada cocina de su casa, situada en el barrio de Clinton Hill, y preparar juntos la cena mientras hablaban de las batallitas diarias en el bufete de April y en la comisaría donde John ejercía de policía.

Estaban acostumbrados a que la vieja madera de los suelos de la casa rechinara de vez en cuando, aunque April creía con firmeza, desde el primer día que se mudaron hacía ya cinco años, que en esa casa habitaban fantasmas.

—¿En qué te basas? —le preguntaba siempre

John, burlándose de ella.

—En sensaciones. Y si no las notas, es tu problema... eres poco perceptivo —se reía April—. No me dan ningún miedo. ¿Qué daño nos puede hacer un espíritu?

Pero esa noche sus vidas cambiarían para siempre. En esa ocasión no se escuchó la madera del suelo rechinar o un ligero movimiento en las cortinas blancas del salón por alguna ventana mal cerrada. April y John sintieron escalofríos al escuchar pasos. Pasos lentos e inseguros en algún rincón de la casa.

—¿Qué es eso? —preguntó John, que fue a buscar su arma por si a algún ladronzuelo se le había ocurrido entrar.

—Se oyen pasos. Creo que vienen de la buhardilla —respondió April afinando el oído. No eran imaginaciones, los pasos se escuchaban con claridad. Ya no eran lentos e imprecisos, sino rápidos y alegres como los de un niño pequeño.

—Vamos... —decidió John, empuñando su arma.

—¡Por favor, John! Deja eso en la caja fuerte. Seguramente se habrá colado un búho o qué sé yo... —indicó April sin mucha convicción.

—La guardo en el bolsillo. Por si acaso.

—Parece mentira que seas policía. Eres un cagado —rio April, intentando ocultar su nerviosismo.

A medida que iban subiendo las escaleras, percibieron risas y, claramente, la voz de una niña pequeña. El nerviosismo de April se convirtió en curiosidad. Abrieron la pequeña puerta de madera de la buhardilla y vieron a una preciosa niña de rizos dorados y ojos azules como el mar. Estaba sentada colocándose bien su vestidito rosa que parecía ser de otra época, al igual que sus zapatos negros de charol. April y John se miraron sorprendidos y, de repente, la niña los miró sonriendo con dulzura.

—¿Es un fantasma? —preguntó John.

—Vamos a comprobarlo —le susurró April, acercándose a la pequeña—. No tengas miedo...

—No tengo miedo —respondió la niña risueña—. ¿Dónde están mis juguetes? ¿Y mis papás? ¿Habéis visto a Paul? ¿Por qué llevas pantalones? —preguntó, señalando a April.

La abogada tocó los rizos de la niña para cerciorarse de que no era un fantasma. Le sonrió a John y se encogió de hombros sin saber qué hacer o qué decir.

—¿Quién eres? —preguntó April.

—Mejor dicho, ¿quién eres tú? ¿Qué haces en mi casa? —La pequeña era inteligente. Y, como a cualquier niño, le encantaba hacer preguntas.

—Es mi casa... nuestra casa —titubeó John.

—¿Y mis papás? —insistió la pequeña arqueando las cejas.

—¿Cómo te llamas? Solo así podremos encontrar a tus padres —dijo April con tranquilidad.

—Me llamo Emily Stuart.

John empalideció. En su rostro había signos de confusión y miedo.

21

—April, ¿podemos hablar?

—Espera un momento aquí, Emily.

April y John se alejaron unos metros de la niña, que había ido a estirarse al suelo de madera para contemplar las estrellas que se veían desde la pequeña ventana del techo recubierto de vigas. Todo estaba tal y como lo dejó el día en el que desapareció.

—¿Qué pasa, John? Es preciosa, ¿verdad?

—¿Seguro que no es un fantasma?

—No puedo creer lo que estoy escuchando. No crees en los fantasmas y me estás diciendo que esta niña, de carne y hueso, lo es.

—Sabes que siempre indago sobre las historias de las casas donde nos mudamos. Aquí vivió una niña llamada Emily Stuart. Hija de Martha y Robert Stuart. Ambos fallecidos en un accidente automovilístico en 1945.

—Vale, ¿y? —John resopló.

—Emily Stuart desapareció en 1930 con diez años, la edad que debe tener ahora, ¿cierto? —April asintió confundida—. Si estuviera viva tendría setenta y un años, ¿entiendes?

—Claro que entiendo lo que dices, no soy idiota. Pero ¿hay la posibilidad de que te hayas confundido? Probablemente sea una coincidencia, no puede tratarse de la misma niña.

—Desapareció cuando jugaba en la buhardilla. ¿Y dónde ha aparecido? En nuestra buhardilla. Su buhardilla es la nuestra —recalcó John exaltado.

—John, lo siento, pero no entiendo nada y

tampoco sé adónde quieres ir a parar.

—No sé cómo, pero se ha trasladado desde 1930 a nuestra época.

—¿Estás hablando de viajes en el tiempo? —John asintió—. ¡Venga ya! No creo en eso, es físicamente imposible.

—Viajes en el tiempo, agujeros de gusano, agujeros negros... Llámalo como quieras, pero son temas gordos, muy gordos. El gobierno conoce su existencia, pero llevan toda la información que tienen con total confidencialidad.

—¿Y tú sabes algo del tema? —preguntó April con curiosidad.

—No sé nada. Pero es posible que en esta buhardilla se esconda algo relacionado con eso y que haya traído a Emily hasta aquí.

—¿Y qué hacemos? Si eso es cierto, esta niña está desamparada. No tiene familia y no quiero que se quede en manos de servicios sociales ni en ningún orfanato.

—¿Estás diciendo que nos la quedemos? ¿Sin decir nada a nadie?

—No, claro que no. Con nuestros cargos no tendremos problemas en empadronar a la niña, escolarizarla, pagarle un seguro médico... En definitiva, hacer que vuelva a existir. Y nosotros la vamos a adoptar. No nos harán preguntas, John... recuerda que el poli eres tú y la abogada soy yo —quiso convencerlo April, enérgicamente—. Yo me encargo de todo.

—¿No hay otra opción? —April negó—. De acuerdo.

—Es una locura, ¿verdad?

—Lo es, April, lo es... —suspiró John, negando con la cabeza.

—Pero llevamos tanto tiempo queriendo ser padres, que... —April estaba a punto de llorar. Su rostro volvió a ser tan triste como el de aquella tarde de enero de 1986, en la que el doctor Robinson le dijo que no podría tener descendencia—. Es como si nos la hubieran enviado para saber lo que es estar completos al fin.

John asintió cogiendo la mano de su mujer con cariño y entendiendo todo lo que su cabeza estaba procesando y asimilando en ese momento. Había una niña de diez años frente a ellos que venía de otra época y de otro tiempo, aunque del mismo lugar. Y los necesitaba para poder sobrevivir en un mundo muy diferente al que ella conoció en los años veinte.

Con mucha paciencia y respondiendo a todas las preguntas que Emily les formulaba, le explicaron lo que había sucedido. Algo sobrenatural, mágico e increíble que la niña entendió, mientras ellos trataban de disimular su desconcierto.

—Emily, ¿qué pasó exactamente? —inquirió April ya en el salón. La niña miraba la nueva decoración, muy diferente de la que fue su casa, prestando especial atención a un gran artilugio llamado televisor.

—No parece mi casa... —meditó la pequeña, que buscó por cada rincón un retrato suyo anteriormente colocado en la entrada, que un artista amigo de sus padres dibujó—. Estaba jugando con Señor Oso y Señora Ricitos, echando de menos a Paul desde que lo obligaron a estudiar cada tarde. Estaba muy aburrida —empezó a explicar pensativa, fijando sus grandes ojos azules en la ventana. April y John se miraban, preguntándose quién era Paul, puesto que era la segunda vez que lo nombraba. Ni siquiera John, una enciclopedia andante, sabía de quién podía tratarse—. En la pared vi algo negro, era muy oscuro... me acerqué y no me acuerdo de nada más... solo seguí jugando en la buhardilla, pero señor oso y señora ricitos no estaban y mis padres no me llamaban para cenar —continuó la niña, con un sentimiento doloroso de nostalgia.

—Tranquila, buscaremos un señor oso y una señora ricitos con los que jugar —la alentó April, acariciando el sedoso cabello de la niña—. Emily, has dado un salto en el tiempo. ¿Sabes lo qué es? —Emily negó con la cabeza mirando fijamente a la mujer. La abogada acababa de cumplir los treinta y cinco y, como el buen vino, había mejorado con los años. Hacía tiempo que decidió cortar su melena pelirroja para darle un aire más sofisticado a su rostro angulado del que destacaban unos bonitos ojos verdes. A Emily le gustó esa mujer moderna y serena. Le transmitía confianza y sosiego; era muy distinta a todas las adultas que conocía—. En la pared viste algo que te ha llevado hasta aquí, ¿entiendes? Estamos en el año 1991. —La pequeña abrió la boca con sorpresa—. Pero tiene que ser un secreto... no podemos decírselo a nadie. John y yo seremos tus padres y te llamarás... Amy Thompson. Amy... ¿Te gusta?

Emily asintió, se levantó de improviso y abrazó a April que, con los ojos anegados en lágrimas, sonrió. Quiso a la niña desde el primer momento en el que la vio sentada en la buhardilla como si hubiera estado desde siempre ahí, esperándola. La había elegido a ella. April era su segunda oportunidad. Ese cariñoso y poderoso abrazo hizo que la sintiera, por siempre, hija suya.

Abril, 1992

Brooklyn, Nueva York

—¡Venga, Amy! ¡Llegamos tarde! —gritó April desde la cocina, dando un último sorbo rápido a su café.

—Ya voy, mamá, ya voy... —resoplaba Amy desde la habitación.

Era normal ver a April y a Amy corriendo por las calles de Brooklyn a las nueve de la mañana para evitar llegar tarde al colegio. En sus rostros no se reflejaba el agobio de cumplir con la hora marcada, cada una en sus obligaciones diarias, sino más bien despreocupación y una divertida sensación de aventura.

Esa mañana, sin embargo, marcaría un antes y un después en la vida de Amy y April. La niña, impaciente por llegar a la escuela, se soltó de la mano de su madre en la gran Avenida Flushing, e hizo un intento por cruzar la calle aún con el semáforo en rojo. A April no le dio tiempo ni siquiera a gritar, cuando un hombre se abalanzó contra Amy para evitar que fuera atropellada por un coche negro que iba a toda velocidad y ella, imprudente, no vio. La rapidez con la que sucedió todo dio paso a los minutos más lentos, angustiosos y desconcertantes de April, Amy y todos los allí presentes. El mundo se detuvo; todo empezó a ir a cámara lenta. Los transeúntes contemplaron, desde la lejanía la escena, todos ellos horrorizados; los coches se detuvieron y el Nissan negro que había causado el accidente por la poca precaución de la pequeña, se había dado a la fuga. Amy, aún temerosa y desconcertada, seguía sentada en el bordillo donde había aterrizado. April, a su lado, miraba con los ojos vidriosos al hombre que había salvado a su hija. Yacía en el suelo inmóvil. April, en un instinto por querer salvarle la vida, corrió hacia él al mismo tiempo que varias personas pedían una ambulancia. Al acercarse y ver el rostro del hombre, April se echó las manos a la cabeza. No fue la sangre que salía a borbotones por su cabeza lo que la conmocionó, sino la mitad de su rostro desfigurado por graves quemaduras de algún accidente anterior. La mirada del hombre quedaría grabada para siempre en la retina de April. Tendría unos cuarenta años y unos impactantes ojos azules de los que salían lágrimas a borbotones al saber que, en segundos, su vida habría acabado en el asfalto de la ciudad.

—Gracias... Gracias... —repitió April temblando. El hombre se incorporó con dificultad y cogió con fuerza el brazo de April.

—Protege a Emily... protégela...

—¿Qué? —exclamó April, al escuchar el nombre real de Amy.

El hombre hizo todo lo posible por continuar hablando pero, con la mirada fija en April, y sin poder aferrarse a la vida, dio su último suspiro. De fondo, la sirena siempre apresurada y alarmante de la ambulancia se aproximaba, aunque nada pudieran hacer por ese héroe que había dado su vida por la niña.

Amy, conmocionada, le pidió a April que quería volver a casa. Y que le cogiera muy, muy fuerte de la mano.

—No me sueltes nunca más, mamá... yo no me voy a soltar nunca, nunca... te lo prometo —lloró la niña. No le había pasado nada, apenas unos rasguños en las rodillas y en el brazo derecho con el que se había apoyado al caer al suelo.

—Amy... —April la abrazó contemplando de reojo cómo cubrían el cuerpo sin vida del hombre y acordonaban la zona. A su vez, diversos agentes de policía preguntaban a los testigos si habían visto la matrícula del Nissan negro que se había dado a la fuga. Pero nadie sabía nada—. Espera un momento...

April se acercó hasta uno de los agentes sin perder de vista a Amy, aún traumatizada en la acera, observando con la mirada perdida el alboroto que se había producido en un momento.

—Buenos días. Ese hombre ha salvado la vida de

mi hija. ¿Puede decirme de quién se trata?

—No, señora. No llevaba documentación encima. Debe ser un mendigo poco afortunado —respondió el agente fríamente.

—Pero tendrá familia... alguien que le eche de menos.

—Ya sabe cómo funcionan estas cosas. Si en unos días nadie lo reclama, terminará en una fosa común.

—Pero eso es terrible... —musitó April.

—Lo siento, señora. ¿Pudo ver la matrícula del coche que ocasionó el atropello?

—No... solo sé que era un Nissan negro.

—Gracias. Buenos días —se despidió el agente, volviendo al punto exacto en el que instantes antes había muerto el misterioso hombre que supo el nombre de la vida anterior de Amy.

9 de noviembre, 1938

Brooklyn, Nueva York

Los Lee y los Stuart se reunieron para celebrar el cumpleaños de Paul. Para Martha y Robert parecía una broma pesada. Hacía ocho años que Emily había desaparecido. La buscaron por toda la ciudad durante un año; también en los lugares más insospechados, hasta que los investigadores archivaron el caso por falta de pruebas y no obtener nada en claro. Detuvieron a ladrones, interrogaron a cientos de asesinos presos, chantajistas... pero nada ni nadie les facilitó una respuesta que pudiera ayudar a dar con el paradero de la pequeña que ese día también hubiera cumplido, junto a Paul, dieciocho años.

Hacía años que Martha no salía de casa debido a una profunda depresión que duraría hasta el resto de sus días. A diario se culpaba por no haber pasado más rato con su pequeña, por no haber subido con ella a la buhardilla y compartir momentos de juegos y risas. Robert Stuart, sin embargo, apaciguaba su dolor y su recuerdo encerrado en su despacho, trabajando y haciéndose más rico de lo que ya era. Los Lee, como fieles amigos, les acompañaban en su profundo dolor y en el consuelo del recuerdo que ya quedaba muy lejos en el tiempo. Mientras tanto, sin que ninguno de los adultos se dieran cuenta, Paul seguía escapándose a la buhardilla donde tantas tardes había inventado otros mundos junto a su inseparable amiga. Ese día no fue diferente. Antes de cenar y soplar las velas, Paul entró en la oscura y abandonada buhardilla. Llena de polvo acumulado por el abandono de los años, los juguetes de Emily seguían tal y como ella los dejó. Sus cuentos infantiles permanecían tristes en la estantería al no ser descubiertos por los ojos inocentes y curiosos de algún niño con ansias de aprender.

—Hola, Emily —saludó como hacía siempre al entrar. Se tumbó bajo la ventana del techo y contempló las estrellas—. No sé dónde estarás, pero yo también te echo de menos, amiga. Te prometo que algún día nos volveremos a encontrar, aunque sea ahí arriba... —finalizó, señalando el oscuro cielo estrellado de luna llena.

A Paul le atraía la política. Sus padres estaban orgullosos de ello y le auguraban un futuro prometedor. Sin embargo, en su interior se escondía un joven sensible, amante de la poesía y la literatura; romántico empedernido, se veía a través de sus rasgados ojos azules una bondad absoluta. Prudente, serio y estudioso, siempre decía que no tenía tiempo para el amor. Pero ansiaba encontrarlo. Volver a ver a esa niña que lo enamoró desde su más tierna infancia. Volver a verla y no dejarla escapar. Ninguna de las jóvenes a las que había conocido se asemejaba a Emily. Ninguna tenía su mirada, su sonrisa... aquellos divertidos rizos dorados. Su imaginación, su alegría y aquel mundo interior de la pequeña que lo conquistaba en cada juego. Ninguna era Emily. Emily había desaparecido y él nunca dejó de buscarla. A menudo venía a visitarlo en sus sueños. Volvían a jugar como cuando eran niños y él se sentía feliz; deseoso por acurrucarse en los brazos de Morfeo cada noche para volver a verla. Pero el despertar era más doloroso al saber que su amiga no estaba al otro lado de la pared. Y que, probablemente, nunca volvería.

Al bajar, sus padres le cantaron el cumpleaños feliz. A su lado faltaba Emily que, hasta los diez años, siempre había soplado las velas junto a él, cogida de su mano. Ese año eran dieciocho. Una juventud que había pesado por la ausencia. Los Stuart miraban a Paul con admiración y tristeza.

—¡Felicidades, hijo! —exclamó Michael aplaudiendo, mientras Paul soplaba las dieciocho velas de la tarta.

—Qué mayor te has hecho... Y cómo han pasado los años... —se lamentó Evelyn, recordando el momento en el que el joven salió de sus entrañas.

—Y que pasen, Evelyn... y que lo podamos ver —

respondió Martha, sumida en una gran tristeza que quería evitar ese día a toda costa. Ella recordaba cada día el primer momento en el que tuvo en brazos a su pequeña Emily. Evelyn acarició la mano de su amiga entendiendo su dolor, sin poder imaginar qué hubiera hecho si le hubiera sucedido a ella.

Mayo, 1992

Brooklyn, Nueva York

April y John estaban desesperados. Desde el accidente, Amy solo quería encerrarse en su cuarto y ver la vida pasar desde la ventana. Hacía una semana que la habían convencido para volver al colegio, pero cada mañana la niña se levantaba con gran esfuerzo para cumplir con su responsabilidad. Había perdido muchos días de clase y sus resultados se estaban resintiendo notablemente. Apenas comía y había dejado de ser la niña alegre y vivaracha que conocieron hace tan solo un año.

—A lo mejor sería buena idea llevarla a un psicólogo, April... no sé —sugirió John.

—¿Aún no han encontrado el Nissan?

—No. Y dudo mucho que podamos localizarlo.

—No puedo sacarme de la cabeza su cara... y sus palabras. Protege a Emily... Emily. John, ¿cómo podía saber su nombre?

—¿Otra vez?

—Sí, John, otra vez. Lo que sucedió no solo ha cambiado la vida de Amy, a mí también me ha afectado. Y mucho.

—Lo único que se me ocurre, April, y tú lo sabes igual que yo, es que ese hombre proceda del pasado. ¿Podría ser su padre?

—No creo. Si dices que murió en 1945, sería más mayor que el hombre al que vi. Aquel hombre tendría unos cuarenta años aproximadamente, aunque a saber de dónde vino. No sé, a estas alturas todo es posible.

—Saltos en el tiempo, April. Saltos en el tiempo. Debe ser eso.

—¿Y del rostro desfigurado qué me dices? —John no supo qué responder. Dejó de mirar a April para concentrarse en la baldosa del suelo de la cocina—. No, no puede ser el padre de Amy... de Emily —continuó diciendo April, más para sí misma que para John.

—Decidamos —dijo John, sacando una cerveza de la nevera—. Psicólogo sí o no.

—Llamaré a Laura, es la única psicóloga en la que confío y sé que podrá ayudarla.

—Bien. Por fin hemos entrado en razón —suspiró John, dirigiéndose al salón con su cerveza, donde vería en televisión durante dos horas su concurso preferido.

April subió hasta la habitación. Tocó dos veces la puerta del dormitorio de Amy y abrió. La niña estaba tumbada en la cama abrazada a su osito, con la mirada perdida en la ventana, desde donde solo podía verse la oscuridad de la noche y las casas de enfrente, de similar estética a la suya, iluminadas en su interior. A Amy le gustaba imaginar qué vidas se escondían tras esas ventanas, cuánta felicidad o desdichas protagonizaban la existencia de las personas que habitaban en esas casas, a tan solo unos metros de la suya.

—¿Puedo sentarme? —pidió April amablemente. Amy asintió sin mirarla—. Amy, lo hemos pasado muy mal, lo sé. Pero la vida sigue, hay que seguir adelante.

—¿Y ese hombre que murió? Murió por mi culpa, mamá —espetó Amy con los ojos anegados en lágrimas, apartando la vista de la ventana.

—No, murió para que tú vivieras. Pero no por tu culpa. Fue un accidente, cariño. Y no le gustaría verte así, encerrada en tu cuarto sin ser la niña alegre que nos encanta a todos.

—Mamá, ¿crees que todos tenemos un destino escrito? ¿Crees que el día de nuestra muerte ya está decidido?

A April le sorprendió lo que le parecían dos preguntas maduras que no correspondían a su edad.

—Sinceramente... —meditó unos segundos antes de responder—. Creo que sí, Amy. Todos tenemos un destino escrito, pero nosotros, a veces, el poder de cambiarlo. No todo tiene que pasar tal y como estaba preparado. Una simple decisión puede cambiarlo todo. Y, sobre nuestro día final, no lo sé, Amy.

Supongo que sí, que todos tenemos escrito ese día final desde que nacemos, pero nos volveríamos locos si lo conociéramos, ¿no crees?

—Cuántos misterios tiene la vida... —suspiró la niña.

—Dímelo a mí —sonrió April, mirando a la que ya consideraba su hija y recordando, una y otra vez, la manera en la que la pequeña llegó a su vida. Mágica, inesperada... Lo mejor que le había pasado. Pero ¿era lo mejor que le había podido suceder a Amy? ¿Qué vida hubiera llevado si se hubiese quedado en su buhardilla de 1930? No podía evitar pensar en que, tal y como correspondía a su tiempo, Amy sería una anciana de setenta y dos años y no una adorable y preciosa niña de once—. ¿Quieres cenar algo?

—¿Pizza?

La respuesta alegró a April, que vio cómo Amy había cambiado totalmente la expresión de su carita, por lo mucho que le gustaba la pizza. Aún había esperanzas de que, tras el trágico suceso que vivió, pudiera recuperarse y volver a ser la de siempre.

A los dos días, después de salir del colegio, fueron a la consulta de Laura, una psicóloga amiga de April desde el colegio.

Tras una hora de conversación privada con la pequeña, Laura hizo pasar a April a su despacho.

—Amy, ve a recepción con Elisabeth y pídele

unos cuantos lápices de colores y papel. Dibuja lo que quieras —le sugirió Laura—. April, siéntate, por favor.

—¿Qué tal? ¿Cómo la ves?

—No la veo mal. Al menos no tanto por todo lo que me dijiste.

—Hace dos días tuvo un cambio algo repentino. Tuvimos una pequeña conversación, cenamos pizza... y al día siguiente volvía a estar bien.

—Suele pasar, estas edades son un tanto bipolares. Pero lo que más me ha extrañado son las cosas que me ha explicado y en todo momento ha evitado hablar del accidente.

—¿Qué te ha explicado? —se preocupó April. Temía que Amy desvelara su descabellado secreto. Algo que nadie podría creer y que, de hecho, a ella misma aún le costaba asimilar después de un año.

—Ha hablado de mundos. Textualmente ha dicho —empezó a decir la psicóloga, cogiendo la libreta en la que apuntaba las frases de sus pacientes que le llamaban la atención—: en el mundo del que procedo, las mujeres no llevan pantalones. ¿Por qué llevar pantalones si los vestidos son maravillosos? Al preguntarle por su año de nacimiento, no ha sabido qué responderme y ha cambiado repentinamente el tema de conversación.

—Mundos... —rio April disimulando—. Estos niños... Menuda imaginación tienen, ¿verdad?

—¿Quién es Paul?

La misma pregunta se hacía April cada día.

—Un amigo del colegio —improvisó.

—¿Del colegio? ¿Seguro?

—Sí. ¿Por?

—No ha mencionado el colegio al hablar de él. Ha hablado de la buhardilla.

—Bueno, le encanta la buhardilla. Puede que se haya inventado un amigo llamado Paul. ¿Recuerdas que tú y yo teníamos una amiga imaginaria llamada Brenda? —Laura sonrió, pero no pareció convencerle la respuesta de April.

—Hacía tiempo que no nos veíamos, April. Ni siquiera me has contado cómo apareció Amy en tu vida.

—El destino —suspiró April sonriendo.

Laura la escudriñó con la mirada, esperando algo más, pero se limitó a asentir, decidiendo ser discreta y no hacer más preguntas que parecían incomodar a su amiga de la infancia.

—Bueno, me alegra verte tan bien, April. Por Amy no te preocupes, dale un poco de tiempo. A ver si retomamos el contacto y salimos un día de estos a cenar con nuestros maridos.

—Claro —asintió April, levantándose y dándole un beso a su amiga.

Al llegar a casa, April le advirtió cariñosamente a Amy, una vez más, que sería peligroso explicar la verdad.

—¿No nos creerían, mamá?

—No nos creerían y ¡dirían que estamos locas! —bromeó April, haciendo cosquillas a su pequeña.

El resto de la tarde fue feliz, intentando olvidar el trágico suceso del mes anterior, entre cuentos, deberes, dibujos y juegos con los nuevos Señor Oso y Señora Ricitos. Amy no lo decía, pero lo pensaba: «April era su mamá preferida.»

Por otro lado, April decidió no volver a la consulta de Laura. Era peligroso que su perspicaz amiga psicóloga le sonsacara la verdad a Amy. Una verdad de la que ella aún no estaba convencida porque nunca creyó en la magia ni en los milagros y, mucho menos, en niñas que viajaban en el tiempo. Pero al mirar a su hija y observar fijamente sus ojos azules llenos de vida, empezó a pensar que sí, que la magia podía existir en forma de niña y que, de algún modo, esa niña llegó a su vida por alguna razón.

Diciembre, 1941

Brooklyn, Nueva York

Con la segunda Guerra Mundial, el mundo parecía tambalearse. No eran buenos tiempos ni siquiera para las familias acomodadas como lo eran los Lee y los Stuart. Eran tiempos de miseria, incertidumbre y desolación. Diversos amigos de Paul, que se habían alistado en el ejército, murieron el siete de diciembre en el ataque a Pearl Harbor. Paul, desolado, se sentía culpable al no haberse unido a ellos; la poderosa influencia de su padre lo evitó. El joven decidió quedarse en Nueva York iniciándose en el partido demócrata de los Estados Unidos. El deseo de sus padres se había visto cumplido. Paul se adentraba en el mundo de la política y, con total probabilidad, se convertiría en un hombre brillante con un prometedor futuro por delante.

—Madre, yo tendría que haber ido con ellos.

—¿Y haber muerto con ellos, Paul? ¿Eso te

gustaría? No lo hubiera soportado —le gritó Evelyn cansada.

—Soy un cobarde. Eso es lo que soy —finalizó Paul, saliendo de casa dando un portazo tras él.

Paul paseó sin rumbo. Aún buscaba en el rostro de cualquier niña la sonrisa de Emily; ese día, más que nunca, le hubiera gustado saber su opinión.

Se fue al café en el que solía sentarse cuando necesitaba reflexionar. Acompañado de una taza de café, a veces leía la prensa y, en la mayoría de ocasiones, se limitaba a mirar por la ventana pensativo. Pero ese día, una preciosa joven se acercó a su mesa y le evitó, por un momento, atormentarse a sí mismo. Se quedó de pie mirándolo con una pícara sonrisa que marcaba unos infantiles y encantadores hoyuelos. Tenía unos grandes ojos verdes y su cabello era de un color rojizo llamativo, rizado y cuidado bajo un elegante sombrero. No era demasiado alta, pero tenía una figura esbelta y delicada; una fragilidad poderosa que encandilaba a todos los jóvenes que conocía y suspiraban por ella.

—Buenas tardes, ¿puedo sentarme? —preguntó.

Su voz era suave y aterciopelada; inspiraba confianza.

—Preferiría estar solo —respondió Paul cortante.

No era lo que la joven esperaba escuchar. Avergonzada, bajó la mirada por una negativa a la que estaba poco acostumbrada, pero decidió no darse por vencida.

—¿Prefiere pasar el rato aquí, sumido en tristes

pensamientos, mientras observa por la ventana el ir y venir de desconocidos como ha hecho cada tarde desde hace años? ¿Qué le preocupa, señor Lee?

Paul la miró fijamente sorprendido. Se vio cautivado por la mirada curiosa de la joven y su afable sonrisa en unos bonitos y carnosos labios pintados de carmín rojo.

—Tome asiento, por favor.

—Gracias.

—¿Cómo sabe mi nombre?

—Paul Lee. Mi hermano es Jack Miller, compañero suyo en el partido.

—Sí, buen hombre.

—Soy una mal educada, no me he presentado. Soy Rachel Miller, encantada de saludarle al fin.

—El placer es mío, señorita Miller —sonrió Paul.

Rachel desprendía luz, esa luz que Paul no tenía desde hacía años.

—Hace tiempo que le observo y al fin he decidido acercarme a hablar con usted. Aunque veo que no le pillo en un buen momento, señor Lee.

—No, no es el mejor momento —reconoció el joven apesadumbrado.

—¿Puedo preguntarle qué le ha pasado?

—Amigos míos no han sobrevivido al ataque a Pearl Harbor.

—Lo siento. Y le entiendo muy bien. Dos amigas mías también fueron a la guerra para ayudar, como enfermeras. Están en paradero desconocido, aunque ya sabemos lo que eso significa.

—Lo siento.

—¿Sabe, Paul? Creo en el destino. Está escrito. Por mucho que duela, nuestros amigos estaban predestinados a la tragedia y los que seguimos vivos tenemos una misión.

—¿Qué misión? —se sorprendió Paul, ante las místicas palabras de su acompañante.

—Sí. La misión de vivir y ser felices —respondió Rachel, seductora y descarada, guiñándole un ojo.

A partir de ese día, durante todas las frías tardes de diciembre, Rachel y Paul se veían en el café. Charlaban amistosamente y, lo que más le gustaba a Paul de la joven, era que podía hablar con ella de cualquier cosa. Cualquier tema de conversación era adecuado para que Rachel le diera las respuestas que él necesitaba escuchar. No era una mujer normal y corriente, tampoco le gustaba regalar los oídos a nadie y, en ocasiones, se mostraba cruelmente sincera, aunque con una divertida sonrisa y una dulce mirada, conquistaba a todos y entonces, era cuando sus duras y sinceras palabras se esfumaban como el viento. Rachel había llegado a la vida de Paul en el momento justo, cuando él más lo necesitaba. La tragedia de Pearl Harbor, las muertes de sus amigos y las decisiones que los dos jóvenes habían tomado, era lo que les había unido. Serendipia, lo llaman algunos. El encuentro de lo inesperado; el juego del destino.

Con el paso de los días, ambos no pudieron evitar sentir algo especial el uno por el otro, que iba más allá de la amistad. A menudo, Paul pensaba que Emily hubiera sido muy parecida a Rachel y eso lo entristecía ante la imposibilidad de ver a su amiga de la infancia convertida en toda una mujer.

12 de marzo, 1997

Brooklyn, Nueva York

Amy cumplía dieciséis años. Había dejado de ser una niña que pasaba las tardes jugando con el señor Oso y la señora Ricitos, ahora abandonados en la buhardilla, a ser una guapa adolescente de rizos dorados y mirada azul rebelde, que seguía negándose a vestir con pantalones. Todos los chicos del instituto estaban locos por ella mientras que las chicas envidiaban su popularidad. Sus notas en el instituto eran excelentes y, aunque aún no había decidido qué estudiar en la universidad, April sabía que su hija haría cosas importantes en la vida.

—Mamá, voy a salir un rato —le avisó Amy mientras bajaba por las escaleras.

—¿Adónde vas?

—Por ahí.

—Amy, ya sabes que me gusta saber dónde vas —insistió April malhumorada—. Y hoy celebramos tu cumpleaños, sé puntual, por favor.

—April, no tengo diez años.

April puso los ojos en blanco. Odiaba que Amy la llamara por su nombre. Acto seguido, la adolescente cerró la puerta y se fue. La mujer observó por la ventana cómo su hija giraba la calle hacia la derecha, con lo cual supuso que estaría en el café de la esquina al que tanto le gustaba ir por las tardes después de clase. Siempre iba sola. A Amy le encantaba estar sola.

Sentarse en una mesita al lado del ventanal del café, que conservaba su esplendor de los años veinte, era para Amy algo especial. Era su momento y tenía que vivirlo en soledad. Ahí volvía a sentirse en la época a la que realmente pertenecía, a pesar de estar totalmente adaptada a finales de los años noventa. Los recuerdos de otros tiempos eran vagos; ella era una niña que, inexplicablemente, había dado un salto temporal para vivir una vida que, de ser de otra manera, jamás hubiera conocido.

Observar a la gente pasar era todo un entretenimiento y un interesante estudio sociológico para la adolescente. Pero había algo más. Seguía recordando a su amigo Paul e imaginaba estar sentada ahí con él. Nunca lo había olvidado y, a menudo, pensaba en cómo sería a su edad. Amy era consciente de que Paul, en la actualidad, sería un hombre mayor en el caso de que estuviera vivo, y que los dieciséis los hacía años que los tuvo. Con el tiempo, aunque seguía resultando extraño, supo con exactitud qué era lo que le había pasado y la importancia de mantener el viaje en el tiempo en secreto, tal y como desde siempre le habían advertido April y John. Para ella los mejores padres que pudo tener. Más que sus padres biológicos, siempre tan ocupados y concentrados en las apariencias. Los recordaba y, entonces, no podía evitar entristecerse al suponer la preocupación que supuso su desaparición en su época.

«¿Habrían más personas como ella?», se preguntaba a veces. Suponía que sí y también sabía la suerte que había tenido al encontrar a dos personas que la habían querido y cuidado tanto. April era demasiado sobreprotectora con ella, pero tenía sus motivos para serlo. Ninguna de las dos, con el paso de los años, había olvidado aquella fatídica mañana en la que un hombre falleció arrollado por un coche que nunca apareció, para salvar la vida de Amy. Y solo April conocía sus últimas palabras. Unas palabras que llevaba marcadas desde ese extraño día en el que el hombre con medio rostro desfigurado le dio a entender que conocía el secreto de Amy. «Protégela», le dijo. Eso era lo que había hecho, y lo haría el resto de sus días, aunque tuviera que lidiar con los reproches de la adolescente en la que se había convertido su hija.

Amy no había vuelto a subir a la buhardilla desde hacía años. Le traía recuerdos que quería borrar para seguir adelante con su nueva existencia y no pensar en un pasado que era muy lejano ya. Como si su vida actual no tuviera nada que ver con la anterior; como si la anterior hubiera muerto con su desaparición. Por otro lado, temía a aquel agujero negro que vio y la atrajo cuando era niña, y que fue el responsable de haberla traído a otra época. ¿Era posible volver a los años treinta? ¿Volver a ver a sus padres? ¿A Paul? Sabía que sí. En algún momento, seguramente, podría ver la oportunidad de volver a su época, pero tal vez no haría que viajara a ese pasado que a veces añoraba. Tal vez no sería nada bueno probarlo. Era joven, rebelde... pero muy precavida y cuidadosa.

Pensó en el día en el que fue a la biblioteca a investigar qué había sido de Martha y Robert Stuart, sus padres. En un archivo histórico encontró que ambos fallecieron en 1945 en un accidente automovilístico en Brooklyn, tal y como ya sabía John antes de comprar la casa. Sobre Paul y sus padres no encontró nada.

Le dio un sorbo al zumo de naranja cuando Erick, el chico más guapo del instituto, se acercó a ella.

—¡Amy! ¿Qué tal?

—Hola, Erick —saludó la joven sin mucho interés.

—¿Puedo sentarme?

—Como quieras.

—¿Vives por aquí?

—Sí, cerca.

—Yo también. —Amy asintió, como si le

molestara su presencia. Erick era muy popular. Sus ojos verdes y su melena castaña conquistaban a todas las adolescentes, así como un cuerpo joven, fuerte y tonificado gracias al deporte, cualidad que se le daba muy bien—. Hoy es tu cumpleaños, ¿verdad?

—¿Cómo lo sabes? —se sorprendió Amy.

—Lo sé todo de ti.

Amy sonrió con indiferencia. En realidad ese chico no sabía nada de ella.

—Ah, pues muy bien.

—Creo que te he molestado. Mejor me voy a ir.

—Vale.

—Bueno... pues... felicidades —balbuceó el chico algo cortado, ante el comportamiento seco de Amy.

—Gracias.

—Nos vemos en clase.

—Sí.

Erick se fue mirando de reojo a Amy, que ni siquiera le devolvió la mirada para despedirse.

El poco interés que la chica había demostrado por él provocó que no pudiera evitar sentir una poderosa y adolescente atracción hacia ella. Estaba acostumbrado a que todas suspiraran por él y lo miraran embobadas. Amy era distinta, jamás lo miraría con ese tipo de interés y eso aumentó el de Erick.

A las ocho de la tarde, Amy decidió volver a casa. Ante el silencio en todas las estancias, subió a la oscura buhardilla. Al entrar, un frío repentino se apoderó de su cuerpo y se le puso la piel de gallina. «Menuda sensación», dijo para sus adentros.

Sus temores se hicieron realidad cuando volvió a ver el agujero negro en la pared. El mismo que la había traído a 1991, volvía a aparecer, intimidante y agresivo. Ya habían pasado seis años, pero lo recordaba bien. El portal tenía en su interior una espiral que daba vueltas velozmente sobre sí misma en la oscuridad; desprendía un frío desolador. La luz de la luna se colaba por la ventana del techo e iluminaba el rincón, haciéndolo aún más aterrador y misterioso. Amy no podía apartar su mirada del agujero, como años atrás, cuando era una niña curiosa y aventurera de diez años. Esa niña decidió entrar por curiosidad, aburrimiento y ganas de vivir apasionantes aventuras. La adolescente de ahora se moría de ganas por volver a ver a Paul. Aunque fuera solo una vez más. Y poder decirle a sus padres que estaba bien. Que estaba a salvo.

A solo unos metros de ella estaba la decisión de volver a una vida pasada o quedarse donde estaba. La oscuridad del portal se adueñaba de su curiosidad, hasta que se vio a sí misma acercándose con sigilo más y más...

Agosto, 1942

Wayzata, Minnesota

Tras unos meses de intenso trabajo para Paul, puesto que en enero de ese mismo año se firmó la declaración de las Naciones Unidas, decidió darse un merecido descanso junto a Rachel. Huir de las guerras, muertes y miserias que estaban en boca de todo el mundo en la gran ciudad. Pasaron un relajado verano en una casa de campo de estilo victoriano con vistas y acceso privado al lago, propiedad de los padres de Rachel, en Wayzata, Minnesota. La relación de los jóvenes se afianzaba cada día más y, tanto los Lee como los Miller, estaban entusiasmados con dicha unión. Eso hizo que los Stuart se distanciaran de los Lee, que parecieron olvidar por completo a la pequeña Emily y los planes que tenían para ellos desde mucho antes de venir al mundo.

El momento preferido de Paul era por la mañana. Remolón en la cama, llegaba a la habitación el aroma inconfundible e intenso del café que Rachel preparaba en la cocina. Paul bajaba al piso de abajo y sin hacer ruido, se acercaba hasta Rachel a abrazarla por detrás. Ella sonreía observando cómo, el que creía era el amor de su vida, deshacía el nudo mal hecho de su fina bata de seda y colmaba de besos su espalda. Entonces ella se daba la vuelta y se rendían a la pasión. Estaban enamorados; sus miradas los delataban. Pero en algún rincón seguía el fantasma de la niña de rizos dorados y ojos azules como el mar, así como la esperanza de verla transformada ya en una preciosa mujer. Era algo en lo que Rachel pensaba a menudo, cuando, en ocasiones, observaba disimuladamente a Paul con la mirada perdida en las profundidades del lago. Sabía que pensaba en ella, en lo que pudo haber sido y no fue, en lo que nunca tuvo y siempre deseó. Un futuro con la niña que, al igual que un suspiro, se desvaneció.

—¿En qué piensas? —le preguntó una tarde Rachel, bebiendo un sorbo de té. Estaban sentados en el porche, rodeados de orquídeas y rosas rojas, con unas vistas privilegiadas al lago.

—En que tarde o temprano deberemos volver a la ciudad.

—Sería maravilloso quedarnos aquí, ¿verdad? —comentó Rachel. Aunque la idea era tentadora, Paul pensaba que en ese recóndito y pacífico lugar, jamás tendría la posibilidad de volver a ver a Emily.

—Lo sería, sí... pero la realidad es otra muy distinta.

—¿Quieres seguir en el partido?

—Sí, pero si se hacen las cosas bien. Como es debido.

—Entiendo. Paul... —dudó Rachel.

—Dime.

—Algún día... ¿querrás casarte conmigo y tener hijos? —preguntó, con una sonrisa esperanzada y el miedo al rechazo en sus ojos. Paul sonrió cabizbajo.

—Claro, Rachel —respondió, sintiendo una punzada en el corazón.

Casarse. Formar una familiar. Empezar algo desde cero. Era algo en lo que Paul había pensado cuando era joven, pero con otra mujer muy distinta a Rachel. Una mujer que ya no existía. Pero Rachel no necesitaba nada más para ser feliz y estar segura junto a Paul. Sí quería, «sí» había sido su respuesta. El resto no importaba.

Los días transcurrieron a un ritmo lento, pausado, despreocupado y feliz.

La pareja dedicaba las mañanas a desayunar tranquilamente y a pasear por el pueblo. El cielo siempre estaba despejado y el ambiente cálido y acogedor de la zona animaba a no desperdiciar el tiempo encerrado en casa. Por las tardes iban al lago a bañarse y, para finalizar el día, se sentaban en el porche a tomar té o café. Era como estar en un mundo totalmente opuesto al de Brooklyn. Ahí nada malo les podía pasar y ninguna palabra era motivo para entristecerse aunque las penas fueran las de otras personas.

La extravagante risa y felicidad continua de Rachel era contagiosa y vital, algo que Paul agradecía. Sin ella, era muy posible que hubiera seguido siendo el tipo de antes gris, sin luz ni optimismo. De eso solo hacía algo más de un año y, gracias a la joven, parecía que nunca hubiera existido un día en el que Paul era un ser triste y pesimista.

A veces la miraba mientras dormía. Relajada, en calma… le hubiera gustado saber qué era lo que soñaba para sonreír de esa manera tan bonita. Incluso dormida, se le marcaban los encantadores hoyuelos que tanto gustaban a Paul y su salvaje melena rojiza le daba una nota de color a las sosas fundas blancas del cojín. No, ya no podía imaginar su vida sin ella. Y sí, se había acostumbrado a vivir sin su gran amiga Emily.

12 de marzo, 1997

Brooklyn, Nueva York

«Un paso... dos pasos... un par de pasos más y ya estás dentro...», pensaba Amy, acercándose cada vez más al agujero negro.

—¡Amy! ¿Qué haces? —la sorprendió John, encendiendo la luz de la buhardilla.

—¡Papá! —Amy volvió a mirar hacia donde estaba el portal, pero fue como si nunca hubiera existido. Se había esfumado—. ¿Dónde estabais? —preguntó, intentando disimular.

—Hemos ido un momento a buscar tu pastel —respondió John desconcertado, mirando hacia la pared.

—Venga, pues vamos a celebrar que hoy cumplo...

—¡Dieciséis! —terminó de decir John en una divertida exclamación.

April había puesto la mesa y preparado la cena preferida de Amy. ¡Bandejas repletas de pizza casera!

Madre e hija se fundieron en un abrazo y Amy se alegró de no haber cruzado el agujero. No podía vivir sin esa mujer y su cariño.

A la hora de soplar las dieciséis velas del suculento pastel, Amy sintió de nuevo un escalofrío. A su mente llegaron imágenes que no había recordado hasta ese momento. A su lado vio el fantasma de Paul en todas las edades en las que, junto a ella, cogidos de la mano, habían celebrado sus cumpleaños y soplado las velas de sus respectivos pasteles juntos. El silencio y la seriedad de Amy sorprendieron a April y John, que no sabían que, en cierto, modo se había transportado a otro mundo para seguir sintiendo la calma de su otra mitad.

—Cariño, ¿estás bien? —preguntó John.

—Sí —respondió Amy, volviendo a la realidad y tratando de sonreír.

—Venga, ¡pide tu deseo! ¡Es lo mejor de cumplir años! —exclamó entusiasmada April.

Amy cerró los ojos y pidió su deseo. A continuación, sopló las velas y, en la intimidad de su pequeña familia, resonaron entre esas cuatro paredes llenas de historia, los aplausos por un año más de vida. Imaginó a Paul soplando las velas de sus tartas de cumpleaños a los once, doce, trece, catorce... echándola de menos también. Pensando en todo los aniversarios juntos que se habían perdido. Sí, había pensado en él a lo largo de esos años, pero no tan intensamente como en ese día y sabía que había un motivo lógico para que sucediera, justo, en ese momento.

Al día siguiente, Amy volvió a ir a la biblioteca a buscar más información sobre los Stuart y los Lee. Tenía un plan. Una vez más, no encontró nada sobre los Lee y volvió a leer detalladamente la noticia del fatídico accidente automovilístico que acabó con la vida de sus padres biológicos, en una fría mañana del diecisiete de noviembre de 1945 a las cuatro de la tarde. Fue al lado de casa, en el cruce que había entre la Avenida Clermont y Willoughby. El automóvil, moderno y ostentoso para la época, lo conducía el propio Robert Stuart que disfrutaba estando frente al volante. Hacía tiempo que había prescindido de los servicios de un chofer.

Amy recorrió con los dedos la fotografía de sus padres. En ella debían tener unos treinta años. El blanco y negro no destacaba el color azul y el brillo de los ojos de su madre. Tampoco podía verse el color castaño de la melena ondulada que a Amy tanto le gustaba peinar por las noches. Leyó una y otra vez el artículo, especialmente la parte en la que decía que jamás habían podido superar —especialmente Martha Stuart— la desaparición en extrañas circunstancias de su pequeña hija Emily. Amy quería llorar, pero en ese momento en el que luchaba contra el nudo en la garganta que le había provocado la emoción de volver a ver a sus padres, aunque fuera en una fotografía, sus ojos se resistían a demostrarlo con lágrimas. Y eso dolía aún más.

A la seis de la tarde volvió a casa. Sabía que April y John seguían en sus respectivos trabajos y que nada ni nadie podría intervenir en su plan. Dejó una nota en la buhardilla con un simple: «He vuelto a mi época. Espero estar de regreso pronto». No quería preocuparlos y esperaba estar de regreso antes de que descubrieran la nota, pero sabía que si les hubiera explicado algo de lo que tenía pensado hacer, habrían cerrado la buhardilla con llave sin tener ni la más remota opción de volver a un pasado y a un año que ella ya desconocía, para tratar de salvar a quienes le dieron la vida un nueve de noviembre de 1920.

Mientras esperaba a que el agujero negro apareciese de un momento a otro, miró su vestimenta. Llevaba un vestido de color azul oscuro y una chaquetita de punto gris. No era muy de los años cuarenta, pero pensó que tal vez podría pasar desapercibida. Por otro lado, cabía la posibilidad de que el agujero negro no apareciese y, si lo hacía, ir a un año y a un momento muy distinto al que tenía previsto. Pero tenía fe en ese portal que había cambiado el destino de su vida. Pensaba que, si le pedía con todas sus fuerzas el día, el mes, el año y la hora en la que quería aparecer, su deseo se vería cumplido. ¿Cómo saberlo? «Solo intentándolo», se dijo. Cerró los ojos, apretó los párpados con fuerza y visualizó el agujero negro que se le apareció el día anterior, después de tantos años sin verlo. Al abrir los ojos, la fría espiral la llamaba con ansias de atraparla y llevarla a lo desconocido.

—Por favor... por favor... —apretó los puños con fuerza—. Diecisiete de noviembre de 1945, cuatro menos diez de la tarde.

Si lo hubiera pensado dos veces, no habría tenido el valor suficiente para adentrarse en el oscuro portal. Así que, tras sus palabras repletas de fe e incertidumbre, apostándolo todo sin saber qué pasaría, atravesó la pared y fue engullida por el temido agujero negro por segunda vez.

17 de noviembre, 1945

Brooklyn, Nueva York

Fue como despertar de un oscuro sueño. Un sueño en el que solo aparecían figuras negras como el agujero que la transportó a la buhardilla que tan bien conocía. Había más polvo y sus juguetes infantiles, el señor Oso y la señora Ricitos auténticos, seguían en su sitio tal y como los había dejado en 1930. Habían pasado quince años desde entonces, y se notaba que nadie había vuelto a entrar ahí. Señor Oso y señora Ricitos parecían tristes, solitarios, abandonados y cubiertos de polvo, con unas pequeñas tazas de juguete vacías en la mesa de pequeñas dimensiones de madera. Amy no pudo evitar sonreír y sentir nostalgia por todos los momentos vividos en una época lejana que ya quedaba muy atrás en el tiempo. Esa buhardilla le pertenecía desde siempre, era su rincón; el de ella y el de Paul.

Haciendo el menor ruido posible, abrió la puerta. Miró a ambos lados del pasillo y reconoció la misma decoración que tenían sus padres. Miró hacia abajo y vio su retrato en la entrada de la casa por la que acababa de salir su madre. Miró el reloj de pared. Eran las cuatro menos diez de la tarde. Se sintió feliz, su plan había funcionado. Por algún motivo que ella aún desconocía, el agujero negro obedeció sus órdenes y la trajo hasta el día y el momento en el que ella debía estar, para tratar de salvar la vida de sus padres. Aun así quiso asegurarse, por si acaso, y comprobó el día, el mes y el año, en un periódico que encontró en una mesita de centro colocada en el pasillo. Sí, había tenido suerte.

—Aún no es vuestro día… aún no… —murmuró, bajando rápidamente por las escaleras que en ese momento estaban cubiertas por una moqueta granate que apenas recordaba. April decidió deshacerse de ella nada más mudarse y dejar las escaleras de madera tal y como eran, sin artificios ni decoración.

Amy echó un vistazo rápido a la casa. Seguía tal y como la recordaba cuando era pequeña. Salió al exterior dejando la puerta entreabierta para poder volver a entrar y miró a su alrededor. Enfrente había un campo despejado desde donde se podía ver las siguientes avenidas que, en su tiempo, llevaba años siendo un edificio moderno de apartamentos, con casas a su alrededor, similares a la suya, que vinieron después. Todo estaba muy cambiado, muy antiguo. Aunque el cielo era despejado, hacía mucho frío. Todos los transeúntes iban tapados con chaquetones, bufandas y gorros, mientras Amy era observada más por la fina chaquetita que llevaba y sus piernas al descubierto sin medias, que por llevar un vestido adelantado al año. El automóvil de sus padres se encontraba a tan solo unos metros de distancia. El señor Stuart estaba arrancando el motor. Amy corrió tras él a medida que este se dirigía a la Avenida Willoughby, donde sabía que fallecerían al chocar con tres automóviles más. Logró adelantar al automóvil haciendo caso omiso de las curiosas miradas, se detuvo en la esquina del cruce y llamó a sus padres con urgencia y preocupación alzando los brazos para ser vista fácilmente. En ese momento, Martha, desde el asiento copiloto, abrió los ojos mirando fijamente a Amy y dándole codazos a su marido para que viera lo que ella no podía creer estar viendo.

—¡Emily! —gritó Martha llorando de emoción.

—¡Parad el coche! ¡Parad el coche! —insistió Amy.

El señor Stuart estaba tan centrado en la joven que los saludaba y que creía ver en ella a su hija Emily, que no se detuvo para ceder el paso a los automóviles que cruzaban con prioridad por la Avenida Willoughby. En una milésima de segundo, colisionó con tres automóviles y la muerte de los Stuart fue inminente. Amy gritó, cayendo al suelo precipitadamente.

—¡No! —exclamó llorando, al ver la tragedia que conocía y que ella misma había provocado.

Estaba paralizada, mirando fijamente el accidente y el brazo inmóvil de su madre ensangrentado saliendo por la ventanilla hecha añicos del automóvil. Amy dejó de ser el centro de atención de los transeúntes que, impactados, muchos de ellos se acercaron hasta el lugar del accidente.

—¿Se encuentra bien? —preguntó una voz femenina suave y aterciopelada.

Amy miró hacia arriba. Una mujer de cabello rojizo y hoyuelos al sonreír, ajena a todo el revuelo del choque automovilístico y más centrada en la adolescente que permanecía desesperada en el suelo, le ofreció su mano para levantarla. Con la otra mano tocó su barriga en avanzado estado de gestación. Amy no podía articular palabra. Se miraron durante unos segundos y la mujer la miró extrañada, sabiendo que ese rostro adolescente le sonaba de algo.

—Mi nombre es Rachel, Rachel Lee —se presentó.

—¿Rachel Lee? —preguntó Amy sobrecogida. En su rostro podía verse la confusión que sentía al escuchar ese apellido de una desconocida—. Me tengo que ir —se apresuró a decir, secando las abundantes lágrimas que no podía detener.

Rachel observó cómo la joven huyó a toda prisa y entró en la casa de los Stuart. Caminó lo más rápido que pudo hasta allí, pero Amy ya había cerrado la puerta.

—¿Qué ha pasado? —preguntó Paul saliendo de

casa, impactado por todo el alboroto que el accidente múltiple había ocasionado unos metros más allá.

—Ha habido un accidente. Tres automóviles han colisionado —informó Rachel, aún sin saber que en uno de esos automóviles iban los Stuart.

—¡El vehículo de Martha y Robert! —exclamó Paul al verlo, cambiando por completo la expresión de su rostro, con la intención de ir corriendo hasta el lugar donde él aún no sabía que yacían muertos.

—¡Paul! —Paul se detuvo—. Creo... —Rachel bajó la mirada. No sabía si contarle lo que creía haber visto. ¿Sería bueno para ella?—. Creo que he visto a Emily —soltó finalmente sin podérselo callar.

Paul empalideció y volvió a acercarse a su mujer olvidando por completo el accidente. De fondo, el ruido de las sirenas era ensordecedor. La ambulancia estaba aproximándose.

—Ha entrado en casa... en su casa —señaló Rachel, con la mirada ausente en la puerta de la casa de los Stuart que tenía enfrente.

—Pero como puede... —balbuceó Paul extrañado.

—Era ella, Paul. Estoy segura. Pero apenas tenía veinte años.

—¿Qué?

—Que era muy joven.

Paul fue corriendo hacia su casa y cogió una copia de las llaves de los Stuart. Rachel esperaba en la calle por si a Emily se le ocurría salir.

—¿Emily? ¿Emily? —preguntó Paul entrando en la casa y dando pasos torpes por el salón.

Amy escuchó, desde la buhardilla donde estaba esperando a que el portal apareciese, cómo una voz masculina la llamaba por su anterior nombre.

—Por favor, por favor... Aparece ya... aparece... —rogó nerviosa.

Unos pasos se acercaban lentamente. Subían las escaleras con precisión y se detuvieron justo en la puerta de la buhardilla. Amy cerró los ojos con fuerza y, al abrirlos, vio al fin el agujero negro por el que debía huir.

—Trece de marzo de 1997... Trece de marzo de 1997...

Amy se adentró en el portal oscuro en el mismo momento en el que Paul decidió entrar.

—¿Emily? —siguió preguntando. Pero Emily no estaba. Tan solo un extraño boquete negro en la pared con una espiral fría y sombría que daba vueltas sobre sí misma en su interior—. ¿Qué demonios es esto?

13 de marzo, 1997

Brooklyn, Nueva York

Cuando Amy, despeinada y atolondrada, volvió a la buhardilla de 1997, no esperaba encontrar a John y April en ella. El matrimonio no pudo articular palabra al ver a su hija aparecer por el agujero negro que se había formado en la pared. La nota que les había dejado Amy cayó al suelo y April se acercó rápidamente a abrazar a su hija.

—No lo vuelvas a hacer, por favor... no lo vuelvas a hacer... —repitió April entre lágrimas. John seguía hipnotizado viendo cómo el agujero se hacía cada vez más pequeño, hasta acabar desapareciendo. La buhardilla se quedó fría provocando en los presentes un estremecedor escalofrío.

—Lo siento, mamá... de verdad que lo siento —lloró Amy.

—¿Qué ha pasado? ¿Adónde has ido? —preguntó John, intentando volver a la normalidad.

—A 1945... —confesó Amy, aún traumatizada por

lo que había acabado de vivir. April no tenía ni idea de lo que podría haber hecho su hija en 1945. John sabía perfectamente a qué había ido.

—¿Y qué ha pasado? —la interrogó su padre sabiendo la respuesta.

—Han muerto… —confirmó Amy sollozando.

—¿Qué? ¿Quién ha muerto? —se escandalizó April sin entender nada.

—Luego te lo explico, April. Amy, ¿quieres cenar algo? —La joven negó—. Lo que has hecho ha sido muy peligroso, ¿lo entiendes?

—Sí, papá… Quiero ir a mi habitación, por favor. Lo siento mucho.

April y John asintieron, viendo cómo Amy, cabizbaja, bajaba las escaleras para encerrarse en su habitación. No volverían a verla hasta el día siguiente, con ojeras y los ojos rojos de haber pasado la noche llorando.

—¿Qué era eso? —preguntó April.

—El agujero negro, un portal del tiempo. De donde vino Amy. ¿Recuerdas que te lo conté?

—Sí. Los gusanos o algo así, ¿no?

—Agujeros de gusano. No me lo imaginaba así, la verdad, pero tenemos un maldito portal del tiempo en nuestra casa, April —se exasperó John, alzando un poco la voz.

—¿Y eso qué significa?

—Que será mejor que tapiemos la buhardilla —decidió.

—¿Tapiar la buhardilla? Ni hablar.

—Pues acostúmbrate a que tu hija quiera volver al pasado a cambiar la historia o a provocarla. O, mejor aún, que alguien de otro tiempo venga a nuestra casa. Aunque lo más genial de todo, sería que las altas esferas se enterasen que tenemos un maldito portal del tiempo en la buhardilla y nos echaran de aquí para investigarlo —dramatizó John, moviendo exageradamente las manos mientras hablaba.

—¡John, por favor! Lo estás exagerando todo...

—No estoy exagerando nada. Tu hija ha ido a 1945 a evitar la muerte de sus padres en un accidente de coche. Pero, más que evitarlo, seguramente fue ella quien lo provocó llamando la atención de algún modo.

Desde que apareció Amy, John había estudiado casos sobre viajeros en el tiempo. Algunos falsos mitos; otros casos parecían, como el de su hija, muy reales. Le llamó especialmente la atención la historia de Harry McGonagall, nacido en 1898, desaparecido en 1925 y encontrado muerto en Central Park en el año 1986, tal y como desapareció, con veintisiete años. En uno de los bolsillos de la chaqueta que llevaba puesta, la misma con la que se esfumó en el año veinticinco, hallaron su antigua documentación con la que pudieron identificarlo. Estaba en perfecto estado, como si no hubieran pasado ochenta y ocho años desde su nacimiento hasta la fecha de su muerte. Y, como este, cientos de misteriosos casos más.

—No lo entiendo... —seguía negando April, más

para sí misma que para su marido.

—No hace falta que lo entiendas, April. Será mejor que me hagas caso y tapiemos la puñetera buhardilla. No quiero sorpresas ni problemas — finalizó John tajantemente, dirigiéndose al salón.

April miró a su alrededor. El agujero negro había desaparecido; seguía haciendo un frío aterrador en la estancia. Si ella hubiera sido Amy, hubiese hecho lo mismo. Volver al pasado, volver a ver a esas personas que dejó atrás e intentar salvar a sus padres de un trágico suceso evitable que, supuso, había descubierto a través de archivos históricos en la biblioteca o algo por el estilo. ¿John tenía razón? ¿Fue su presencia la presencia de Amy la que mató a los Stuart? En cualquier caso, April seguía sin entender qué era ese agujero negro y de qué manera una persona puede viajar en el tiempo como quien coge un avión y se va a las Maldivas de vacaciones.

Amy no dejaba de darle vueltas a lo sucedido. A las tres de la madrugada bajó a la cocina a comer algo; estaba hambrienta. El silencio de la casa la reconfortaba. Preparó un sándwich y se acomodó en una silla, visualizando las imágenes que había vivido apenas hacía unas horas. Aún necesitaba asimilarlo todo. Cincuenta y dos años de diferencia en la historia. Estaba convencida de que sus padres murieron en ese accidente por su culpa; si ella no hubiera estado allí, Robert Stuart hubiese cedido el paso. Habría estado atento y no distraído por su presencia. Habría frenado. La colisión no habría existido. ¿Debía volver? ¿Volver y ser discreta? ¿O tal vez no permitir que sus padres cogieran en ese momento el coche, arriesgándose a quedarse a vivir en esos años para siempre? Desapareciendo de la vida de April y John. Negó para sí misma al borde de las lágrimas. Era demasiado complicado, no podía volver. Al fin y al cabo, ese accidente ya se había producido y, como todo lo que sucede en la vida, no hay vuelta atrás aunque ese agujero pueda ser la muestra de lo contrario. No hay posibilidad de cambiar las cosas; sus padres debían morir en ese momento. Quiso convencerse que, con o sin su viaje en el tiempo a 1945, el accidente hubiera ocurrido igual. Otra imagen llegó a su mente: la de Rachel Lee. ¿Quién era esa mujer? ¿Los Lee habían tenido una segunda hija? Recordó su prominente barriga. ¿Era la esposa de Paul? Las lágrimas, imparables, brotaban de sus ojos. ¿Era Paul quién la llamaba? ¿Esa era su voz? En 1945 tendría veinticinco años, una edad acertada en esos tiempos para convertirse en padre. Ella volvió a esa época con dieciséis. Parecía separarle un abismo del que había sido su mejor amigo con el que soñaba casarse algún día vestida de blanco, en una bonita iglesia repleta de gente y tener bebés. Él se había enamorado de otra, muy seguramente de la mujer que llevaba su apellido. Pensó que era guapa y que fue encantadora al ofrecerle su ayuda pese al revuelo que había en la calle. Solo esa mujer se fijó en ella cuando parecía pedir auxilio arrodillada en el asfalto, gritando y llorando por lo ocurrido. «Paul tuvo suerte de encontrar el amor», se dijo a sí misma tratando de consolarse al pensar que su amigo de la infancia llevó una buena vida y fue feliz.

Contempló, absorta, el plato vacío con algunas migas de pan. Había llegado el momento de pasar página, de olvidar quién fue y la corta época que vivió como Emily. Solo era una adolescente de dieciséis años con toda una vida por delante y mucho por hacer. Se abría ante ella un sinfín de posibilidades, muchas más que las que hubiera tenido en los años cuarenta. Pero aun así, siguió llorando cuando volvió a encerrarse en su habitación. Desde la cama, April había escuchado los movimientos de su hija y también podía adivinar sus pensamientos. Qué difícil tenía que ser para Amy. Qué triste lo que le había tocado vivir y que egoísta se sentía, al pensar que ese agujero negro la había beneficiado a ella al permitirle ser madre de una criatura tan extraordinaria como Amy o Emily. Un nombre no es nada. April solo conocía a Amy y a veces se preguntaba cómo sería si se hubiera quedado en su tiempo. Seguramente a los dieciséis ya tendría planes para casarse, no pensaría en los estudios, en tener una profesión y ser dueña de su propia vida; eso eran cosas de hombres. Qué distinta habría sido. Qué distinta... Con estos pensamientos, April también logró conciliar el sueño.

Un sueño en el que, una vez más, se le apareció el hombre con medio rostro desfigurado a advertirle que cuidara de Emily. De su Emily.

17 de noviembre, 1945

Brooklyn, Nueva York

Paul se quedó en la buhardilla observando el agujero negro hasta que desapareció. La curiosidad que sintió por él era tan poderosa como el temor. Rachel subía lentamente las escaleras.

—Paul, se han llevado a los Stuart de la zona del accidente. Ambos han fallecido en el acto —le informó, mirando a su esposo con pena. Paul asintió cabizbajo y aún extrañado por lo que acababa de ver.

En 1942, cuando Rachel y Paul volvieron a Nueva York después de sus memorables y tranquilas vacaciones en Minnesota, decidieron casarse. Unieron sus vidas el sábado día catorce de noviembre. Paul aún se reía de las palabras de su madre.

—¿En noviembre? ¡Con el frío que hace en Nueva York! Hijo, podrías haber elegido primavera... ¡Con lo bonito que es Nueva York en primavera!

Pero no querían esperar a la primavera o al

verano para unir formalmente sus vidas. Deseaban celebrar su boda lo antes posible y noviembre, para Paul, era un mes especial. El mes en el que Emily y él habían llegado al mundo. La Catedral de San Patricio se llenó de familiares y amigos de los Lee y los Miller. A Paul le apenó que los Stuart no quisieran estar presentes. Hacía tiempo que la relación con sus padres era inexistente y ese fue uno de los motivos por los que los Lee decidieron mudarse a un lujoso piso en la calle Madison, en pleno centro de Nueva York, y cederle la casa de Clinton Hill a su hijo y a su mujer, para así formar una nueva familia en ella. Rachel estaba espléndida y preciosa el día de su boda; fue, como todas las novias, el centro de atención. Su rostro irradiaba felicidad, su sonrisa permanente embellecía sus finos y femeninos rasgos y del vestido destacaba la larga falda bordada de pedrería que todos los asistentes admiraron. El blanco de su vestido hacía resaltar su cabello rojizo recogido en un moño bajo, dejando un par de tirabuzones sueltos.

En enero de 1943, Rachel se quedó embarazada, pero a los dos meses de gestación perdió el bebé que esperaban. Fueron meses difíciles en los que se puso a prueba su relación. La alegría característica de la joven desapareció justo en el momento en el que a Paul le dieron más responsabilidades en el partido, por lo que tenía que estar más tiempo fuera de casa.

Paul podría haberle sido infiel a Rachel en incontables ocasiones, pero la respetó. Respetó que no quisiera mantener relaciones con él y que se fuera a dormir a la habitación de invitados porque la tristeza que le había ocasionado la pérdida del bebé, también había despertado en ella un odio impropio hacia todo ser viviente. Paul se armó de paciencia hasta que un día se sentaron a hablar y le hizo entender a su mujer que si no volvía a ser la misma de siempre, lo perdería. Rachel reaccionó y, poco a poco, volvió a ser la mujer que enamoró a Paul en la cafetería donde se conocieron y a la que volvieron a ir casi cada tarde para hablar de sus planes de futuro y sueños.

Cuando habían olvidado la posibilidad de tener un hijo por el dolor que les había causado la pérdida del bebé en el pasado, las buenas noticias llegaron al fin. Fue una soleada mañana de mayo cuando Rachel y Paul supieron que iban a ser padres. ¡Rachel estaba de nuevo embarazada! El miedo se apoderó de ambos por si las cosas volvían a ir mal. Pero iban pasando los meses y el doctor, en sus frecuentes visitas, les decía que todo estaba bien. Era hermoso ver cómo crecía un ser dentro del vientre de Rachel, cada vez más abultada y redonda. A Paul le encantaba darle besos, acariciarla y sentir las pataditas del bebé.

Si los cálculos del doctor no fallaban, faltaban

aproximadamente dos semanas para conocer a su primer hijo, que vendría al mundo a finales de noviembre o a principios de diciembre. «Cuando él quiera», comentaba Rachel divertida.

Les gustaba imaginar cómo sería. Tal vez tendría los ojos azules y el cabello castaño de Paul. Los labios carnosos, la nariz pequeña y respingona y los graciosos hoyuelos de Rachel. Paul creía que sería niña y Rachel apostaba por un niño.

Paul volvió en sí y miró a su mujer, quieta en el umbral de la puerta de la buhardilla, esperando a que Paul le diera una respuesta. Los Stuart no tenían familiares cercanos a ellos y sería Paul quien tendría que encargarse del funeral del matrimonio. El rostro de Paul era inexpresivo. Por un lado, pensaba en la joven que no alcanzó a ver y que Rachel aseguraba que se trataba de Emily. Por otro lado, el repentino e inesperado fallecimiento de los Stuart. Demasiado doloroso, demasiado difícil. Y en su mente una obsesión: ¿Qué era ese agujero negro? ¿Adónde podría llevarle?

Dos días después

Tras el triste y multitudinario entierro de los Stuart, Paul se encerró en la buhardilla de su casa. Era idéntica a la de la casa contigua, donde pasó los momentos más felices de su niñez junto a Emily. Se plantó durante horas frente a la pared, esperando ver el agujero negro que vio hacía dos días. Al cabo de cuatro horas de intensa búsqueda, pidió al servicio que lo ayudaran a trasladar su despacho en la buhardilla. Todos se extrañaron, incluida Rachel, que sabía que confesarle que había visto a Emily no había sido buena idea. Ella aún no sabía qué era lo que Paul había visto en aquella buhardilla; no se lo podía ni imaginar.

Paul estuvo trabajando toda la noche. Pensando en los Stuart, en Emily... y mirando de reojo a cada momento a la pared de madera de la buhardilla. Cabía la posibilidad de que el agujero negro también se le apareciera ahí. Pero no había ni rastro de él. Mil ideas le venían a la mente mientras dibujaba el agujero que vio. Bajó a la biblioteca y buscó entre todas las novelas de ciencia ficción e historia alguna que le guiara y le diera una explicación a lo que sus ojos habían visto. Vio algo similar en la página de uno de los libros. Puertas del tiempo, portales en el tiempo, personas engullidas a otra dimensión... La pregunta sin respuesta de todos los tiempos era: ¿Se puede viajar en el tiempo? ¿Había vuelto Emily de otra dimensión?

—¿Vas a venir a dormir en algún momento, Paul? —preguntó Rachel desde el umbral de la puerta de la biblioteca. El reflejo de la luna que se colaba por el ventanal, le iluminaba medio rostro y sus ojos y su cabello rojizo parecían más claros, dándole un aire misterioso y elegante. Paul no respondió—. Sé que te ha afectado mucho la muerte de los Stuart, pero ¿no crees que hay acontecimientos próximos que van a hacer que tu pena desaparezca? —preguntó Rachel, dedicándole una media sonrisa.

—Rachel, ahora no puedo pensar en eso —se sinceró Paul cortante.

—¿Y qué es más importante que tu hijo? ¿Unos malditos libros? ¿Una maldita niña que desapareció hace quince años?

—¡Cállate! —gritó—. No te atrevas a hablar así de Emily. ¡Nunca! —la voz grave de Paul, normalmente agradable y sosegada, resonó agresiva en todos los rincones de la casa.

Rachel miró a Paul fríamente. Nunca lo había visto así, ni en los peores momentos. Jamás le había hablado de esa manera; sus fantasmas y tormentos habían despertado de su interior. Paul decidió evitar esa mirada y concentrarse de nuevo en los libros. Ya nada volvería a ser igual.

25 de noviembre, 1945

Brooklyn, Nueva York

Hacía días que Rachel no veía a Paul. Seguía encerrado en la buhardilla sin apenas comer, olvidándose de dormir y de asearse. Desde la puerta, Rachel podía escuchar las teclas de la máquina de escribir. Ruidosas, atropelladas, alarmantes. ¿Qué era lo que hacía Paul en esa buhardilla? Aún no le había perdonado las agresivas y dolorosas palabras que le dedicó la otra noche. Aún podía escucharlas dentro de su cabeza reproduciéndose en bucle y le dolían profundamente.

Paul escribía palabras dedicadas a Emily. Cartas que ella jamás leería. Su obsesión por su amiga desaparecida de la infancia crecía cada vez más, al mismo tiempo que a su mente llegaban constantes imágenes del agujero negro. Era insoportable. Llegó a la conclusión de que se trataba, tal y como había leído en diversas novelas de ciencia ficción, de un portal del tiempo. Un agujero que podría llevarlo hasta donde se encontraba Emily, aunque por más que mirara impacientemente hacia la pared, eso no hizo que sus deseos se vieran cumplidos y el agujero apareciera. No en su buhardilla.

A las once de la mañana, una sirvienta llamó a la puerta. Cuando Paul le abrió, la sirvienta no pudo disimular su desagrado ante el aspecto descuidado de su jefe. Había adelgazado, se le notaba en su rostro, huesudo y demacrado; el cabello castaño sucio y grasiento; la barba espesa y descuidada y bajo sus ojos azules destacaban unas horribles ojeras. Su aspecto era sombrío y la falta de higiene hacía que desprendiera un olor desagradable.

—Señor, el abogado de los Stuart ha venido a verle.

—Gracias.

—Le espera en el salón.

Paul se miró en el polvoriento espejo y entendió la reacción de la sirvienta. Se echó el cabello hacia atrás; acarició la barba, que fue lo que menos le desagradó, y bajó hasta el salón. El abogado supo disimular mejor su reacción al ver a Paul muy diferente a cómo lo recordaba.

—Señor Lee.

—¿A qué se debe su visita?

—Vengo a hablarle de la herencia del señor Stuart —informó, abriendo un maletín de piel marrón con las iniciales «R.S».

—¿La herencia? —preguntó Paul desconcertado.

—¿No sabía nada? En el testamento del señor Stuart usted aparece como principal beneficiario de sus posesiones. Eso incluye, por supuesto, la casa de Clinton Hill.

A Paul se le iluminaron los ojos. No por poseer todos los bienes materiales de los Stuart que él no necesitaba, sino por la posibilidad de volver a la buhardilla donde jugaba con su amiga, ver el agujero negro y adentrarse en él hacia lo desconocido. Solo podía pensar en eso. Antes, debería deshacerse del miedo que le provocaba, y arriesgar. Arriesgar a la posibilidad de que algo no saliera bien; de acabar en un tiempo equivocado, o no poder regresar a casa y conocer a su hijo, al que le faltaban días para llegar al mundo. Muy al contrario de lo que Rachel pensara y, a pesar de todo, Paul sí pensaba en su bebé y le importaba más que nada en este mundo. Pero antes, para poder ser feliz, tenía que solucionar cosas de su pasado que aún no estaban cerradas. Y de verdad quería cerrar puertas y seguir hacia delante. De verdad.

Cuando el abogado se fue, Paul miró fijamente el maletín que le había dejado. En él se encontraban copias de documentos, cesión de derechos, la escritura de la propiedad residencial de los Stuart, una gran suma de dinero en efectivo y las llaves que lo habían convertido en el único propietario y, por lo tanto, en la única persona con derecho para entrar en la casa que ahora le pertenecía. La casa de Emily. Su buhardilla.

Rachel apareció. Parecía imposible que su vientre pudiera crecer más; daba la sensación de que iba a estallar de un momento a otro. Miró a Paul con desprecio y observó el maletín.

—Hola, Rachel —saludó Paul, sin apartar la vista del maletín.

—¿Qué es eso?

—Ha venido el abogado de los Stuart. Me nombraron en el testamento como único heredero de sus posesiones antes de morir.

—Vaya... eso sí que no me lo esperaba —soltó Rachel, mirándolo fijamente para así, tal vez, llamar la atención de su marido—. ¿Qué te pasa, Paul? Ve a darte una ducha, por favor —le recomendó, desaprobando su descuidado aspecto.

—Sí, ahora voy —afirmó sumiso. Miró el vientre prominente de Rachel y, con lágrimas en los ojos, se acercó a acariciarla—. Siento lo de la otra noche... de verdad que lo siento, Rachel. Pero necesito tiempo.

—¿Tiempo para qué, Paul?

—Para solucionar algo. Tienes que entenderlo... no hagas preguntas, simplemente, por favor, entiéndelo.

Su voz sonaba fatigada. Todo en él parecía estar agotado, como si la vida le hubiera abandonado. Rachel asintió comprensiva. Quería sonreír, pero no le salía. Tenía que ser una época feliz, unos días felices... Le hubiera gustado que Paul la hubiera ayudado a preparar la bonita habitación que el bebé ya tenía lista, pero ni siquiera la había visto aún. Ese no era el Paul del que se enamoró. Esa no era la vida que había imaginado junto a él cuando pasaron sus idílicas primeras vacaciones juntos. Y la culpa tenía un nombre, ella lo conocía bien. Cuántas veces le hubiera gustado volver atrás y no haberle dicho a Paul que le había parecido ver a Emily. Era esa la obsesión de su marido y fue ella quien abrió la puerta para que empezara su particular pesadilla: la de ser abandonada por un hombre, cuyo pensamiento se había ido con otra mujer.

—Haz lo que tengas que hacer, Paul. Todo el mundo está preocupado por ti, en el partido amenazan con despedirte como no hagas acto de presencia.

—El partido me da igual —aclaró de inmediato. Era cierto, no lo necesitaba para vivir. No le ilusionaba, no le daba vida. Solo quería volver a ver el agujero negro que lo llevaría hasta Emily. Solo podía pensar en eso.

—¿Y tu bebé y yo te damos igual?

Paul bajó la mirada. Sabía que debía responder, decirle lo que sentía y demostrarle que eran importantes para él. No era tan difícil, ¿verdad? Pero en vez de eso, sonrió tristemente y, en silencio, se marchó al cuarto de baño a asearse. En ese momento fue Rachel la que empezó a llorar. No solo de tristeza, sino de rabia e impotencia. Al dirigirse hacia su habitación sintió unas dolorosas punzadas. El bebé estaba listo para venir al mundo.

Diciembre, 1998

Brooklyn, Nueva York

Las calles de Nueva York estaban preciosas en navidad. Decoración navideña, estrafalarias y abundantes luces que animaban a los neoyorquinos y turistas a llenar las calles de gente. No era nada comparable con las navidades de años anteriores que Amy conoció y que ya apenas recordaba. Más austeras, tal vez más elegantes y menos concurridas, pero con algo en común a los tiempos en los que se encontraba porque, al fin y al cabo, los años pasan, las modas cambian, pero las personas siguen siendo las mismas vivan en el año que vivan: la misma ilusión por los regalos, por reunirse con familiares y amigos frente a una gran mesa repleta de apetitosos manjares. El Pavo relleno que preparaba mamá Martha cada Nochebuena y lo abandonado que dejaba el despacho papá Robert durante esas fechas. El árbol de Navidad elegido por la pequeña Emily; siempre el más grande y exuberante, el que costaba

Dios y ayuda pasar por la puerta de la entrada de casa. El momento en el que la pequeña Emily colocaba, en brazos de su padre, la resplandeciente estrella en lo alto del frondoso árbol. La alegría y felicidad que ella sentía por pasar más rato con Paul... «Su» Paul sonriente, siempre con un mechón rebelde en la frente y unos vivarachos ojos azules rasgados que la animaban a hacer travesuras. Juntos, siempre juntos... hacía una eternidad de todo eso. Había pasado una vida entera. Aunque se prometió a sí misma olvidar su pasado desde que volvió al año 1945 a intentar evitar la muerte de sus padres y pensar que, más que evitarla fue ella quien la provocó, no podía evitar recordarlo en fechas señaladas como lo era la Navidad. Y, sobre todo, no había pasado un solo día en el que no se acordara de Paul.

Amy, que en tres meses cumpliría dieciocho años, paseaba de la mano de *su chico* Erick. Así era como a ella le gustaba llamarlo: «mi chico». A April y a John les hacía mucha gracia, pero sobre todo estaban contentos al ver a su hija feliz e ilusionada con alguien de su edad. Le hacía falta un amigo, un confidente, un compañero de viaje durara el tiempo que durara. Pocas eran las excepciones de parejas que mantenían su relación más allá de tiempos de instituto. A April le gustaba hablar del tema con Amy, profundizar sobre la vida y el amor. Amy, como adolescente revolucionaria que se consideraba, prefería escuchar y no pensar demasiado en lo que su madre le decía.

—Algún día lo entenderás, Amy... —le advertía April sonriendo.

Hacía solo cinco meses que salían juntos, pero la adolescente relación prometía ser sincera y duradera. Erick había estado muy pendiente de Amy desde aquel encuentro en la cafetería, el día del dieciséis cumpleaños de la joven. Ella había pasado de él, él aún se lo recordaba riendo. Erick la había conquistado y, en parte, Amy estaba encantada de que lo hubiera hecho. Erick era guapo, muy guapo. Pero además de eso, se podía hablar con él. Era gracioso, pizpireta y tenía un aire macarra que le encantaba.

La joven pareja, cansados de pasear, decidieron sentarse en un banco de Central Park antes de coger el autobús que los llevaría de vuelta a Brooklyn. Amy cogió de su bolso un paquete de cigarrillos bien escondido tras un bolsillito secreto que ella misma había confeccionado para que sus padres no lo encontraran.

—Amy, no deberías fumar. Es malo —sugirió Erick.

—Tú siempre tan responsable —rio la joven, encendiéndose el cigarrillo y haciendo caso omiso de lo que le advertía *su chico*.

Hacía meses que Amy se había aficionado al cigarrillo. Se sentía tranquila; la evadía. Le gustaba subir hasta la buhardilla y fumar a escondidas con la ventana abierta. A menudo había visto el agujero negro y su fría espiral llamándola, queriéndola llevar de nuevo a otra época, pero ella, tras la promesa que le había hecho a sus padres para que no tapiaran la buhardilla, la ignoraba y prefería mirar hacia otro lado.

A las siete de la tarde, Erick acompañó a Amy hasta casa. El joven nunca había mirado la casa colindante a la de Amy, pero ese día una grieta llamó su atención.

—¿Tu padre ha visto esto? —preguntó, tocando la grieta de la pared que se estaba produciendo entre la casa de April y John, y la de al lado, deshabitada desde hacía muchos años.

—No creo… hubiera puesto el grito en el cielo —respondió Amy, asombrada por el daño que el abandono de la que fue la casa de los Lee estaba produciendo.

—Bueno, me tengo que ir —se despidió Erick sin darle más importancia, estrechando a Amy entre sus brazos y besándola con ternura.

Amy observó cómo Erick se alejaba, perdiéndolo de vista cuando se metió por la primera calle a la derecha. Aprovechó para volver a mirar la casa de los Lee. Abandonada, totalmente abandonada. No sabía desde qué año y lamentó seguir sin encontrar información sobre Paul y sus padres. ¿Paul seguiría vivo? ¿Sería un encantador anciano de arrugaditos ojos azules? ¿Les explicaría a sus nietos las mil y una *batallitas* que vivió en la buhardilla con su pequeña amiga Emily? ¿Se acordaría de ella? Sonrió para sus adentros negando con la cabeza.

Al otro lado de la calle, alguien la observaba. Una sombra de otra época, como si se tratase de un fantasma que pasa desapercibido gracias a la penumbra que garantiza la noche.

—¿Mamá? ¿Papá? —preguntó Amy yendo hacia la cocina, donde encontró una nota imantada en la nevera:

«Papá tiene guardia y yo tengo que quedarme hasta tarde en el bufete. Te he dejado pizza en la nevera.
¡Es casera! Disfrútala.
Te quiero, cielo.
Fdo.: Mamá.»

Aún no tenía hambre, así que subió a la buhardilla en la que, una vez más, aguardaba paciente y provocador el agujero.

—¿Cuándo te vas a largar de aquí? —preguntó en voz alta con fastidio.

Hacía tiempo que no le atraía. Trataba al agujero negro como si fuera un amor del pasado por el que había dejado de sentir. Al que ya no quería ver ni en pintura y rechazaba con asco. No la hipnotizaba, no le temía; simplemente, se limitaba a ignorarlo.

Amy abrió la ventana, cogió un libro, puso música pop a todo volumen en el *walkman* y se colocó los auriculares en los oídos para, al cabo de unos segundos, terminar el «ritual» encendiendo un cigarrillo. Evadida del mundo, Amy no pudo escuchar cómo alguien entraba en su casa, subía las escaleras y abría lentamente la puerta de la buhardilla. La joven estaba de espaldas a ella, por lo que no pudo ver quién fue la persona que le golpeó fuertemente la cabeza dejándola inconsciente, y provocó con el mechero que Amy había dejado en la mesita, el incendio que marcaría un antes y un después en su vida.

El agujero negro, apenas visible por las llamas que se estaban propagando a gran velocidad por la buhardilla, desprendió con más fuerza que nunca un frío aterrador por el que llegó un Paul, de treinta y nueve años, experto ya en viajar por el tiempo y el espacio. Agarró a la joven Amy inconsciente y logró sacarla rápidamente al exterior de la casa para que estuviera fuera de peligro. De fondo, se oía la sirena de un coche de bomberos, avisados por algún vecino que se había percatado de lo que estaba sucediendo en casa de April y John. Paul miró con cariño el joven rostro de su amiga y volvió a entrar en casa. Subió velozmente las escaleras e intentó aplacar el fuego con algunas mantas sin éxito. Los bomberos estaban cerca, pero no lo suficiente como para evitar el daño irreparable que el fuego había ocasionado en el cuerpo de Paul. Le ardía el rostro, perdiendo la visión de su ojo izquierdo. Gritó, gimió de dolor y volvió a huir por el agujero que tan bien conocía, a otro destino. Sin saber muy bien si, en esa ocasión, el portal del tiempo volvería a ayudarlo en su misión.

5 horas más tarde

April y John, alertados por el mismo vecino que había llamado a los bomberos, llegaron lo antes posible a casa sin entender qué era lo que había podido pasar. Amy era lo primero para la pareja y no podían imaginar la posibilidad de perderla.

Los bomberos lograron extinguir con éxito el incendio de la buhardilla, evitando que se propagara por toda la casa. No supieron explicarles cómo Amy logró salir sola de allí. Tampoco los médicos encontraron una explicación razonable sobre el golpe que Amy había sufrido en la cabeza. ¿Cómo era posible que, tras semejante golpe, hubiera sido capaz de salir por su propio pie de la casa? Los bomberos habían encontrado un anticuado candelabro de metal que logró salvarse de las llamas y que fue identificado como el arma que le había ocasionado el golpe en la cabeza a la joven. Ni April ni John habían visto nunca ese objeto, pero no le dieron demasiada importancia. Solo pensaban en su hija y en lo sucedido. En que estaba sana y salva; un milagro.

—Te lo dije, April, te lo dije —insistía John, con las manos en la cabeza, sin dejar de mirar a su hija aún inconsciente en la cama del hospital—. Deberíamos haber tapiado la buhardilla.

—John, ¿no te has parado a pensar que nuestra hija está viva gracias a que no tapiamos la buhardilla? —supuso April, harta de escuchar, una y otra vez, el mismo reproche de la boca de su marido. John negó y suspiró. No era el momento indicado para discutir. Querían que Amy, cuando despertara, lo hiciera sin discusiones ni reproches de por medio.

Erick llegó al cabo de un momento. El joven pensó en cómo puede cambiar la vida en un segundo. Le impactó ver a Amy postrada en la cama, aún inconsciente y sin signos de que despertara pronto. La imaginó alegre y sonriente como cuando se despidió de ella hacía solo cinco horas. A salvo entre sus brazos; dulce cuando le devolvió el beso.

A las cuatro y media de la madrugada, Amy despertó confundida. Miró a su alrededor y vio a su lado a sus padres dormidos en un par de butacas incómodas. April fue quien se dio cuenta de que su hija había recuperado la conciencia y, rápidamente, llamó al médico para que pudiera echarle un vistazo. Tras veinte minutos, determinó que Amy estaba bien y que había sido un milagro que lograra escapar del fuego. Sobre el golpe en la cabeza, no parecía haber herida interna, por lo que le quedaría una cicatriz que el cabello, con el tiempo, se encargaría de cubrir.

2 días más tarde

Amy estuvo en observación durante dos días. Al no ver nada anómalo en la joven, pudo volver a casa. No había nada extraño en su actitud pero, cuando estuvieron frente a su casa, April y John sabían que algo en ella había cambiado.

—Papá, ¿te has fijado en la grieta que hay en la pared? La vio Erick la otra noche.

John maldijo la casa abandonada colindante. Su deterioro iba a más y producía daños en su pared.

—No me había fijado. ¿A quién pertenece esta casa? ¿Lo sabes, April?

April miró a Amy que, en numerosas ocasiones, le había contado con añoranza que Paul vivía en esa casa. Era la casa de los Lee, se acordaba bien. Cuando ellos se instalaron ya estaba deshabitada, por lo que elucubró que los últimos inquilinos fueron los Lee de los que hablaba siempre su hija.

—¿Lo sabes tú, Amy? —la puso a prueba April.

Amy se encogió de hombros negando con la cabeza. John no le dio importancia, pero April sabía que su hija había perdido parte de su memoria. ¿Era lo mejor que podía pasarle? ¿Olvidar la época de la que procedía? ¿Olvidar a Paul? ¿A los Lee? ¿A sus verdaderos padres?

—Iré al ayuntamiento. Que hagan algo con esto —comentó John enfadado.

Por la noche, mientras John y Amy veían su programa favorito en televisión, April subió a la buhardilla. Estaba todo hecho un desastre, pero podría haber sido peor. Ahí sucedió un milagro que April aún desconocía pero, después de todo lo que le había pasado desde que conoció a Amy, podía decir que sí creía en la magia y en lo sobrenatural. Y sí, los milagros existen. Amy era su milagro y que estuviera viva después del aparatoso incendio también lo era.

Entre los escombros y las vigas caídas, para comprobar si había algún tipo de peligro, April se detuvo en el centro de la buhardilla, justo debajo de la ventana del techo donde, como cada noche, la luna y las estrellas estaban presentes. Al día siguiente vendrían a arreglarlo; afortunadamente, no afectó a ninguna otra estancia de la casa.

Miró hacia la pared donde vio, por primera vez, hace algo más de un año, el agujero negro por el que regresó Amy después de la loca idea que tuvo de volver a su época para intentar salvar a sus padres. Miró insistentemente, como si tuviera la seguridad de volverlo a ver. Y no se equivocaba. El agujero volvió y, con él, una inesperada sorpresa.

25 de noviembre, 1945

Brooklyn, Nueva York

Cuando Paul salió del cuarto de baño, la sirvienta le informó que su mujer ya estaba de parto; se encontraba en la habitación junto al doctor y la comadrona, que habían venido rápidamente a casa de los Lee. Los padres de Paul y los de Rachel, los flamantes futuros abuelos, venían de camino para conocer al bebé.

Paul estaba nervioso. No recordaba haber estado tan nervioso en su vida. A pesar del frío, él tenía calor; le sudaba la frente; las manos y no hacía más que pasear, de un lado a otro, por el pasillo, esperando que la comadrona saliera y le entregara a su hijo.

Rachel era una mujer fuerte. A pesar de los dolores, aguantó heroicamente las complicaciones que se le presentaron cuando la comadrona le advirtió que el bebé venía de nalgas. Al poco tiempo y tras un duro esfuerzo por parte de la parturienta, se escuchó en todas las estancias de la casa el llanto del bebé. Un bebé sano y fuerte. Evelyn, que acababa de entrar por la puerta de la que fue su casa, lloraba de emoción al recordar el momento en el que escuchó, por primera vez, el llanto de su hijo Paul. Ya era abuela. Paul, su *pequeño* hijo Paul, se había convertido en padre. Tanto ella como Michael, aún seguían muy afectados por la muerte de sus amigos Martha y Robert; dar la bienvenida a su nieto era una bendición.

Paul entró de inmediato a la habitación. Rachel apenas tenía fuerzas, pero su sonrisa y sus preciosos hoyuelos no desaparecían de la expresión de su rostro al ver la carita de su hijo.

—Es un niño, Paul... es un niño —repetía, llorando de la emoción.

El momento en el que ves a tu hijo por primera vez no se olvida nunca. Paul cogió a su hijo con mucho cuidado. Parecía tan frágil... blanco como la nieve, gordito y mofletudo, sus mejillas sonrosadas le parecieron a Paul las más preciosas del mundo. En ellas se podía intuir los hoyuelos heredados de Rachel. Paul no pudo contener las lágrimas de felicidad. Se había convertido en padre. Besó a Rachel agradecido y le devolvió al bebé.

—Rachel, ¿te parece bien que se llame Robert? En honor a Robert Stuart.

Rachel no pareció muy convencida, pero asintió prudentemente. Temía que su hijo llevara ese nombre por ser el padre de la niña a la que Paul nunca pudo olvidar. Esa niña, a pesar de no haberla visto convertida en mujer, parecía ser importante para su marido y, aun así, en silencio, asumió para sus adentros que no le disgustaba el nombre de Robert. Lo único que importaba era que había nacido Robert Lee, el primer hijo de Paul.

Paul y Rachel dormían poco, muy poco. Los primeros días como padres fueron difíciles; jamás pensaron que sería tan complicado, pero una sola mueca del pequeño Robert les hacía felices y se olvidaban de la falta de sueño. El bebé los había vuelto a unir y la casa de los Lee volvía a resplandecer. Lo que no sabía Rachel era que Paul, tras haber dejado el trabajo en el partido, pasaba las mañanas en la buhardilla de la casa de los Stuart esperando pacientemente a que el agujero negro con el que seguía obsesionado, hiciera acto de presencia en algún momento. Tenía que estar preparado. Preparado para lo que pudiera venir, para lo que pudiera pasar.

Lee le dio un sorbo a su café mientras entraba por la puerta de la buhardilla. Sonrió a señor Oso y señora Ricitos dándoles los buenos días. Se sentó en una silla frente a la pared y una mañana más, esperó. Al cabo de dos horas, la decepción volvió a ser protagonista de la expresión de su rostro. Acostumbrado a irse cada mañana de allí sin ningún resultado, no pensaba que ese día podría ser diferente. Pero lo sería. Se abrió ante él un gran agujero negro mayor al que vio el día de la muerte de los Stuart. Sobre él giraba a una velocidad imposible una espiral que desprendía un frío desolador. A Paul le entraron escalofríos. Dejó la taza de café en el suelo y, por primera vez, un lunes día dos de diciembre de 1945, se adentró a lo desconocido.

Fue su primer viaje en el tiempo.

14 de diciembre, 1998

Brooklyn, Nueva York

April se quedó paralizada. No podía hablar, no podía moverse; solo podía mirar hipnotizada el agujero negro que cada vez se hacía más y más grande. El grito que su mente le pedía, pensando que estaba en peligro y John subiría corriendo para salvarla con su inseparable pistola, no consiguió salir de sus cuerdas vocales para aterrizar en el mundo real.

Supo que nada malo podía pasarle al ver el rostro del hombre que surgió de la espiral fría. Pensó que, más que un hombre, parecía un ángel. Ambos se miraron aturdidos; extrañados por la situación. Miraron hacia el agujero que, en vez de desaparecer, se hizo algo más pequeño pero seguía ahí, acechando y observándoles paciente.

—¿Se puede saber qué...? —titubeó April, tras tres interminables minutos de silencio, mirando fijamente al joven que tenía enfrente. Estaba tan paralizado y extrañado como ella. No debía tener más de veinticinco años. Era alto, fuerte y muy apuesto aunque tenía mala cara, como si hiciera tiempo que no se dejaba llevar por los brazos de Morfeo. April pensó que tenía los ojos más bonitos que había visto nunca, de un color azul intenso y una forma rasgada que lo hacía misterioso y atractivo. Su vestimenta era muy propia de los años cuarenta, pensó April, fijándose en la camisa blanca con los primeros botones desabrochados, un pantalón gris oscuro y unos lustrosos zapatos negros.

—Lo siento —saludó el joven, alzando las manos para demostrarle a la mujer que era indefenso.

—¿De dónde vienes? —quiso saber April, curiosa, dejando aún más desconcertado al joven.

—Conoces... Sabes... ¿Sabes qué es eso?

—Es un portal del tiempo, sí.

—¿Dónde estoy?

—En 1998. Me llamo April Thompson.

—Señora Thompson, mucho gusto. Soy Paul Lee —se presentó Paul educadamente, cuando logró asimilar que había dado un salto en el tiempo de cincuenta y tres años. Había empalidecido, sorprendido ante la situación y agradecido por haberse encontrado con una mujer tan agradable en un tiempo muy lejano al suyo. Observó a su alrededor. Se encontraba en la misma buhardilla que había dejado en 1945, de eso no cabía duda—. ¿Qué ha pasado aquí?

—Hace dos días hubo un incendio.

—¿Un incendio?

—Sí, pero afortunadamente solo afectó a la buhardilla. Por cierto, ¿has dicho que te llamas Paul Lee? —quiso averiguar April, siendo consciente de quién era la persona que tenía delante. Paul asintió preguntándose de qué lo conocía esa mujer—. Esto es increíble —murmuró, llevándose las manos a la boca.

—¿Qué pasa? ¿Me conoce?

—No, yo no... Mi... mi hija Amy.

—¿Amy? ¿Quién es Amy?

—Perdón. Seguramente tú la conocerás como Emily.

A Paul se le iluminaron los ojos.

—¿Dónde está? Quiero verla.

—Paul, no es un buen momento. De verdad que me gustaría que os encontrarais, pero no ahora. Tras el incendio, Amy... perdón, Emily... no recuerda su pasado.

—¿Emily me recordaba?

—Todos los días. Desde que llegó, imagino que por ese mismo agujero negro en 1991, habló cada día de ti. De Paul, su mejor amigo. —Paul sonrió sobrecogido reprimiendo las ganas de llorar. Al fin, después de tantos años, había encontrado la explicación que había necesitado sobre la misteriosa desaparición de su amiga en 1930—. Ahora tiene diecisiete años y es lo más especial que tenemos mi marido y yo.

—Entiendo. ¿Quiere que me vaya?

—Será lo mejor, Paul. Emily debe pasar página y

puede que sea egoísta por mi parte, pero no creo que le beneficie en absoluto seguir recordando la época de la que procede. Tal vez ese incendio y el golpe que recibió en la cabeza fue lo mejor que le pudo pasar, Paul... Aún no lo sé. Pero no te reconocería y sería demasiado complicado en estos momentos.

Paul comprendió cada una de las palabras que April le decía. Asintió tristemente, desesperanzado al pensar que no volvería a ver a su amiga, anclada en un nuevo tiempo y con una nueva vida en la que él ya no tenía cabida. April pudo sentir su pena y, conmovida, tomó una decisión.

—Paul, explícame qué pasó. Con Emily...

—Emily desapareció en 1930 cuando tenía diez años. Era mi mejor amiga. Nacimos el nueve de noviembre de 1920 con dos horas de diferencia. Lo compartíamos todo, pasábamos horas en esta buhardilla... Hace unos meses —se detuvo meditando unos instantes—, unos meses en mi época, murieron sus padres en un accidente automovilístico. Martha y Robert Stuart, los antiguos propietarios de esta casa. Mi esposa Rachel me comentó que le había parecido ver a Emily, aunque ella nunca llegó a conocerla, solo por un retrato. Al entrar en la casa, vi este agujero —señaló—. Señora, he estado obsesionado con él. Un día, bastante cercano para mí, se presentó en mi casa el abogado de los Stuart. Heredé su casa. Esta casa, colindante e idéntica a la mía. Durante una semana he estado viniendo cada día a la buhardilla. He estado muchas horas esperando la aparición del agujero para transportarme hasta la época donde estuviera Emily y por fin, «hoy», lo he visto. Y aquí estoy.

—La casa colindante hace años que está abandonada.

Paul arqueó las cejas sorprendido.

—¿Abandonada? Aún no sé, tal y como podrá imaginar, señora Thompson, qué es lo que ha podido ser de mí en 1998.

—Paul, siempre tendrás esta buhardilla abierta para ti. Podrás venir siempre que quieras, pero espera unos años... Unos años, en esta época, quizá sea solo un día en la tuya. Tengamos fe, yo te voy a ayudar a que vuelvas a estar con Emily.

—Es un poco complicado, señora Thompson. Verá, estoy casado y acabo de tener un hijo.

—Muchas felicidades —se alegró April, contando mentalmente la edad que tendría su hijo en la actualidad.

—Gracias. Agradezco mucho su oferta y la tendré en consideración.

—Hablas como si esto fuera un negocio... —rio April.

—Perdón. Ha sonado algo extraño. Nos volveremos a encontrar, señora Thompson.

—Eso espero, señor Lee.

Paul, mirando a April con amabilidad y agradecimiento, se colocó frente al agujero que volvió a hacerse lo suficientemente grande como para que el joven pudiera volver a su tiempo. Cuando se fue, el agujero desapareció con él y April sintió un repentino y desagradable escalofrío. En ese momento entró John.

—¿Con quién hablabas?

—Con nadie, John. Con nadie —respondió April pensativa, sin apartar la mirada de la pared.

Enero, 1946

Brooklyn, Nueva York

Paul aterrizó en la buhardilla más desorientado y perdido que cuando apareció en 1998. Miró a su alrededor; todo estaba intacto tal y como lo había dejado. La buhardilla se encontraba en perfecto estado: sin escombros ni vigas carbonizadas, debido al fuego de tiempos que él aún no conocía. Por un lado, se sentía aliviado al saber que Emily, «su» Emily, estaba a salvo. Viva. Aunque él ya no formara parte de su memoria.

Salió de la buhardilla en silencio, sigilosamente. Como si el señor Stuart lo pudiera descubrir en cualquier momento. Aún sentía que esa casa pertenecía a los amigos de sus padres, no a él. No la sentía como suya y, probablemente, siempre se sentiría un intruso en ella. Contempló durante unos segundos el cuadro en el que aparecía Emily. Tenía ocho años cuando la retrataron y su rostro infantil y risueño no era muy diferente al que tenía cuando desapareció dos años después. Trató de imaginarla con su edad, veinticinco años. Sería una mujer preciosa, un ángel. La imaginaba con una larga melena ondulada rubia y sus inmensos ojos azules mirándolo fijamente. Siendo él el único protagonista de sus pensamientos y de sus sueños. Si era verdad que la señora Thompson le facilitaría la entrada a una nueva época en la que poder estar con Emily, debía aprovecharla. Su corazón le pertenecía aunque también tuviera sentimientos por Rachel, la madre de su hijo. Su hijo... Sería el precio que tendría que pagar por estar con la mujer de sus sueños, la que siempre imaginó a su lado en lo bueno y en lo malo. ¿Estaba dispuesto a desaparecer de la vida de su pequeño? Él había llegado al mundo rodeado de amor, era impensable que su padre pudiera abandonarlo queriéndolo tanto como lo hacía. ¿Debía hacerlo? ¿Debía abandonar a su hijo para tener la oportunidad de ser feliz? ¿Por estar con quien realmente quería estar, aunque para eso tuviera que dar un gran salto en el tiempo y renunciar a lo más preciado de la vida como lo es tu propio hijo? Muchas eran las preguntas sintiéndose terriblemente egoísta y no estaba equivocado cuando le respondió diplomáticamente a April que lo tenía que pensar.

Cuando entró en casa, Rachel corrió a abrazarlo. Lloraba desconsoladamente acurrucada entre sus brazos. Paul pensó que algo malo había sucedido, solo había estado fuera de casa unas horas. No entendía la reacción de su mujer al verlo.

—Paul, ¿dónde has estado? ¡Estábamos tan preocupados! —Paul no supo qué responder.

—¿Tanto tiempo he estado fuera? —Rachel lo miró extrañada.

—¡Más de un mes, Paul! Desapareciste el dos de diciembre y hasta hoy no hemos vuelto a saber nada de ti.

Diez minutos más tarde, Paul supo que había aterrizado al día diecisiete de enero de 1946, no al dos de diciembre de 1945, el día en el que hizo su primer viaje en el tiempo. No esperaba tardar tanto; pensó que volvería al mismo día en el que se fue, pero se había equivocado por completo. Se había perdido las primeras navidades con su pequeño que ya tenía un mes y medio de vida. Al mirarlo, lo vio diferente a cómo lo recordaba cuando se fue a 1998. Más rollizo, más despierto. Lo miraba con unos encantadores ojos verdes como los de Rachel y, con su manita, le agarraba con fuerza el dedo.

Rachel no sonrió en todo el día. Por dentro, la amargura y preocupación de los días sin Paul seguían haciendo mella en la joven, que se preguntaba por qué su marido no era capaz de decirle dónde había estado todo ese tiempo.

Paul decidido a olvidar, al menos por un día, su revelador viaje en el tiempo y dedicó las horas a su pequeño Robert. Estar con él era desaparecer de nuevo del mundo. Solo importaban sus manitas, sus pequeños y movidos pies, sus graciosas muecas y sus perfectos ojitos verdes que lo miraban con dulzura.

Rachel aprovechó ese día para salir y hacer unos cuantos recados. Hacía un mes que no salía de casa por si Paul entraba por la puerta en cualquier momento. Al fin regresó. Lo tenía de nuevo con ella y el resto no importaba. Ni siquiera le molestó que renunciara a su puesto en el partido sin comentarle nada, teniéndose que enterar por su hermano. Obviaba las palabras y cuchicheos hirientes que sus vecinos hacían. Dijeron que Paul se había fugado con su amante, que tenía una doble vida, que la pobrecita de Rachel, con un hijo recién nacido, acabaría sola sin la presencia de su marido. A lo largo de ese mes y medio, tuvo el apoyo de los padres de Paul. Evelyn estaba muy decepcionada con su hijo y Michael lo único que quería era tenerlo enfrente para propinarle una merecida paliza que lo enderezara.

Rachel se sentó en el café, en la mesa que había junto al ventanal, para observar el ajetreo de la calle; el ir y venir de desconocidos. Era una costumbre que había adquirido desde el primer momento que conoció a Paul, ahí mismo, en esa mesa, en ese rincón. Cada persona en su mundo, con sus sonrisas y sus tristezas, adentrados en sus pensamientos y en sus propias vidas. Rachel no quería una vida perfecta, no creía en la perfección. Pero sí creía en el amor, en ese sentimiento que cura cualquier pena y que, según los maestros de la vida, mueve montañas.

Su vida se estaba desmoronando por momentos al intuir que Paul no sentía tanto por ella. Al menos no cómo le había demostrado al principio de la relación. Se sentía humillada, engañada y sola.

Aunque Rachel tenía fijada su mirada en el exterior, sus continuos pensamientos y quebraderos de cabeza le impidieron ver que un hombre alto y fuerte, de cabello negro con algunas canas, barba de tres días y ojos rasgados de un penetrante color verde, la observaba desde la calle. El hombre, de unos treinta años, entró en el café y se acercó a Rachel captando su atención. Él sonrió afablemente sentándose sin pedir permiso en la silla de al lado.

Rachel lo miró extrañada, frunciendo el ceño, escudriñando esos ojos verdes que parecían ocultar toda una vida y fijándose, especialmente, en sus familiares hoyuelos al sonreírle.

—Hola, mamá. Qué joven y guapa te veo.

Agosto, 1999

Roma, Italia

April y John decidieron ir de vacaciones a Europa. El destino elegido fue la bella Roma, en Italia. Amy había cambiado mucho a lo largo de esos meses. Su relación adolescente con Erick había pasado a mejor vida por decisión de la joven y estaba ilusionada por empezar la carrera universitaria que había elegido de un día para otro, casi sin pensarlo, como si el destino hubiera decidido por ella. Centrarse en sus estudios era, en ese momento, lo más importante y Erick resultaba ser demasiado agobiante. La habían admitido en la Universidad neoyorquina de Columbia en la carrera de medicina, gracias a unas notas espléndidas en el instituto. April estaba entusiasmada; su hija iría donde ella estudió economía antes de decantarse por le carrera de derecho que fue la que finalizó con éxito hacía ya muchos años. A menudo, hablaban del difícil reto al que se sometía la joven, pero Amy se sentía preparada para todo. Para comerse el mundo. Seguía sin recordar nada de su pasado tras el incendio. A April no le preocupaba, en parte era un alivio, pero, aun así, fue a hablar con el doctor que la había atendido para explicarle, sin mucho detalle, que no recordaba cosas de hace muchos años tras el fuerte golpe que sufrió en la cabeza.

—Puede tratarse de una amnesia pasajera, April. Si Amy está bien y recuerda lo fundamental, no deberías preocuparte. Sin embargo, si quieres que le echemos un vistazo para tenerla controlada, tráela — le dijo el doctor.

April decidió no marear a su hija, dejar que pasaran los días, los meses... y que siguiera el curso de su vida sin recordar de dónde vino, quién fue y las personas que le importaron hacía tantos años. Aun así, no olvidó el día en el que se encontró con Paul. La conversación que tuvieron, sabiendo que, seguramente lo volvería a ver. No se rendiría tan fácilmente, lo vio en sus ojos. Paul quería estar con Amy, ser parte de su vida. No sabía de qué forma, ni en qué lugar o año, pero debía ser así. Y April lo sabía, era una romántica empedernida. Creía en el amor verdadero, en una mitad para cada persona y Paul era la otra mitad de Amy, sin duda alguna. Si Amy se hubiera quedado en su tiempo, si no hubiera aparecido el agujero negro que había controlado sus vida, se hubiese casado con Paul. Hubieran formado una familia y habrían sido muy felices. En 1999 serían dos ancianitos con toda una vida ya vivida y nietos a su alrededor. Eso le hubiera impedido a ella convertirse en madre, conocer a Amy y disfrutar de ella y de todos los momentos juntas. Quién sabe... a lo mejor, inconscientemente, fue ella quien le prohibió llevar, a la que consideraba su hija, una vida feliz. La vida que, por destino, le pertenecía. Por eso, April se sentía en la obligación de facilitarle el camino a Paul si él en su época había considerado la opción de volver y estar juntos.

April conoció a John de forma casual. Aún recordaba el día en el que lo vio por primera vez, en el año 1978. Ella tenía veintidós años, él veinticuatro. Él acababa de entrar en el cuerpo de policía y ella, algo alocada, había decidido abandonar económicas en medio curso para centrarse en la carrera de derecho. Ambos estaban celebrando en un pub de Nueva York sus decisiones con sus respectivos amigos. Solo una mirada bastó para que los jóvenes se acercaran y empezasen a hablar. Las horas volaron y cuando quisieron darse cuenta, sus amigos habían desaparecido y los del pub les decían que tenían que irse porque iban a cerrar. Pasearon durante horas por las calles nocturnas de Nueva York hasta las siete de la mañana, se dieron los teléfonos y no pudieron esperar ni veinticuatro horas para volver a verse. A partir de ese día fueron inseparables. Y los años habían pasado, y cumplieron el sueño de ser padres —aunque de la manera que menos podían imaginar— y ser felices. Sí, eran muy felices y aún se querían. Mucho, tanto o más que el primer día. Amy tenía el mismo derecho de encontrar a su otra mitad, querer y ser querida por el resto de sus días.

Cuando pasaron por la Fontana Di Trevi y se detuvieron a admirarla, la extraña expresión de Amy llamó la atención de April. John, como siempre, no se enteraba de nada o eso era lo que hacía ver.

—¿Qué pasa, Amy? —quiso saber April, mirándola fijamente como si así pudiera adivinar sus pensamientos.

—Me suena mucho este lugar. ¿Hemos venido antes, mamá?

April negó, sabiendo que los recuerdos que tenía su hija del precioso monumento no eran de esta vida. Lo que no sabía April y Amy no recordaba, era que en 1929, un año antes de desaparecer de su época, los Lee y los Stuart visitaron Roma durante dos semanas. Los pequeños Paul y Emily, que entonces tenían nueve años, corretearon felices por la Fontana Di Trevi. Ambos lanzaron una moneda al interior de la fuente con el deseo de volver algún día. Y Amy había vuelto. Pero sin Paul. Sin recordar que, una vez, hacía muchos, conoció la Fontana. Y se enamoró de ella y del momento.

—Lo habré visto en alguna peli —murmuró Amy.

Comieron pizza, mucha pizza, y probaron hasta veinte sabores distintos de los míticos helados de la ciudad. Visitaron el Coliseo; subieron extasiados las escaleras del Vaticano hasta llegar arriba y contemplar las vistas que les ofrecía la terraza circular; se enamoraron del Monte Palatino, de la Basílica de San Pedro y su espléndida arquitectura; recorrieron el Foro Romano imaginando lo que fue antaño entre sus ruinas y se hicieron divertidas fotografías en las escaleras de la Piazza Spagna. Fueron unas vacaciones que no olvidarían jamás porque fueron las últimas junto a John.

Septiembre, 1999

Brooklyn, Nueva York

Martes, siete de septiembre.

Amy había ido a la universidad a conocer a profesores, compañeros de medicina e instalaciones. April también se fue temprano a trabajar al bufete y John ese día se quedó en casa. Llamó a la comisaría diciendo que no se encontraba bien; se sentía mareado. April tuvo un mal presentimiento cuando salió de casa, pero decidió no darle demasiada importancia. Pensaba que, muchas veces, nuestra cabeza crea innecesarias y catastróficas situaciones por las que no merece la pena preocuparse puesto que no suceden.

—Te quiero. Te quiero mucho —le dijo John ese día.

—John, por favor... ¡Como si no fuéramos a vernos nunca más! —rio April, dándole un dulce beso en los labios.

—Nunca nos lo decimos. Lo damos por sentado,

pero estos años a tu lado han sido lo mejor de mi vida.

—John... —continuó riendo April.

Si hubiera sabido que esa sería la última conversación con su marido, ella también le hubiera abierto su corazón sin dar por sentado que John lo sabía todo de ella. Todo lo que ella sentía por él.

A las tres del mediodía, April decidió volver a casa para ver cómo se encontraba John. Comería con él y después volvería al bufete. Amy se había entretenido con algunos de sus futuros compañeros de universidad con los que fue a comer a un *Mc Donald's*.

La abogada abrió enérgicamente la puerta de casa. De fondo se escuchaba la voz de un presentador dicharachero hablando a través de la televisión.

—¡John! ¡John! ¡He traído comida china! —gritó April alegremente, dirigiéndose directamente a la cocina para dejar las bolsas de comida sobre la encimera.

Fue hasta el salón donde John estaba sentado frente al televisor. Se acercó a él en silencio pensando que estaba dormido, pero al querer despertarlo se dio cuenta de la triste realidad. De una realidad que no hubiera querido vivir nunca. No así. No tan pronto. No de esa manera.

—¡John! ¡John! —gritó desesperadamente, cogiendo el brazo de su marido y moviéndolo repetidamente como si así pudiera lograr revivirlo.

April cayó al suelo abatida. Las lágrimas brotaban escandalosas por sus mejillas, siendo consciente que el cuerpo inerte de John descansaba en paz y que su alma, su esencia, ya no se encontraba con él. Su rostro blanquecino era inexpresivo; sus ojos se habían cerrado para siempre y sus labios no volverían a decirle cuánto la quería. April gritó, cogió la mano fría de John y la besó repetidas veces. Despedirse del amor de su vida cuando aún les quedaba tanto por vivir, fue el golpe más duro para April que enviudó, inesperadamente, con solo cuarenta y tres años. Se maldijo a sí misma por no haberle hecho caso a John y pensar que se encontraba mal porque estaba incubando un constipado; nada de lo que preocuparse. Arrepentida por no haberlo llevado al hospital o por no haber tratado de salvarle la vida de alguna forma. Por no haber estado ahí con él, a su lado como él siempre lo había hecho en los peores momentos.

Lloró, sin fuerzas para hacer otra cosa, hasta que se quedó sin lágrimas.

Cuando Amy llegó a casa, el cuerpo de John ya había sido trasladado al tanatorio. Fue muy duro para April darle la triste noticia. Ambas lloraron abrazadas durante mucho rato. Se sentían solas y abandonadas aun teniéndose la una a la otra.

Los días pasaron con calma, como si el tiempo

hubiera decidido ralentizarlos y aumentar el sufrimiento de April y Amy. La joven no se separaba de su madre. La ayudó a almacenar la ropa de John en diversas cajas que dejaron en la buhardilla. El momento más duro fue doblar y guardar el traje de policía y el arma inseparable de John. April pensaba que no le quedaban lágrimas por derramar, que ya las había gastado todas, pero le quedaban. Le quedaban muchas. Lágrimas inagotables, tristes y sinceras.

En un breve momento en el que Amy fue a su habitación y April se quedó sola en la buhardilla, el agujero negro, con su fría espiral rodeándolo, apareció. Esperó unos segundos por si se trataba de Paul. Pero Paul no aparecía. El agujero había venido a verla a ella, a darle una segunda oportunidad. Cerró el pestillo de la puerta para que Amy no pudiera entrar y se acercó con cuidado al portal del tiempo. Deseó con todas sus fuerzas volver al siete de septiembre, al momento que salió de casa para no encontrarse a sí misma y poder decirle a John todo lo que quería decirle. No tomar a broma las últimas palabras de su marido y así, en cierta forma, reconciliarse consigo misma. Estaba a un solo paso de viajar en el tiempo. El agujero se hizo más grande para llevarla, tal y como quería, a ocho días antes en el tiempo y cumplir así su deseo.

7 de septiembre, 1999

Brooklyn, Nueva York

April apareció en la buhardilla entendiendo lo aturdido que estaba Paul cuando lo vio. Ella también lo estaba. Confusa y cansada como si hubiera hecho un largo viaje. Escuchó cómo se cerraba la puerta de la entrada y supo que el agujero había cumplido su deseo. John, en ese momento de la historia, aún estaba vivo, en el interior del dormitorio horas antes de morir. Quizá en silencio y pensativo después de haberle dicho a su mujer cuánto la quería y lo feliz que lo había hecho durante todos esos años, recibiendo por su parte una risa burlona. April negó con la cabeza arrepintiéndose de su estúpida reacción y fue hasta la habitación donde lo encontró tal y como lo había imaginado. Miró por el umbral de la puerta sin ser vista por su marido. John se tocaba el brazo izquierdo con gesto de dolor, síntoma del ataque al corazón que sufriría horas más tarde.

«Maldita sea, ¿por qué no fue al médico? ¿Por qué?», pensó April, intentando evitar las lágrimas. Él estaba ahí. Aún estaba ahí.

April sonrió haciendo acto de presencia en la habitación. John la miró extrañado, fijándose en que llevaba una ropa diferente a la que se había puesto esa mañana antes de salir de casa. Pero decidió no hacer preguntas y pasar por alto tan significativo detalle.

—John, solo he venido a decirte una cosa —empezó a decir April emocionada.

—Dime, cariño.

John se levantó lentamente. April lo abrazó fuerte, muy fuerte.

—Te quiero, te quiero infinito de aquí al cielo. —Hacía tiempo que ninguno de los dos había dicho eso, muy significativo para la pareja desde que empezaron a salir. John también se emocionó, mientras April pensó que, tal vez, su marido supo en ese momento que la mujer que tenía delante no era la misma de la que se había despedido minutos antes—. Siento haberme reído y no haberle dado importancia a lo que me has dicho. Para mí, compartir mi vida contigo, nuestra vida juntos, ha sido lo mejor que me ha podido pasar. Desde el primer momento en el que te vi supe que serías la persona más especial en mi mundo y me has hecho siempre muy feliz. Gracias... gracias por todo... —April volvió a abrazarlo sin poder evitar llorar. Lloró en brazos de John durante cinco minutos; él correspondió ese abrazo sonriendo.

—Imagino que ahora te tienes que ir... Te quiero, te quiero, te quiero... —repitió John en un susurro, besándola apasionadamente.

April miró por última vez a su marido. Pensó en la posibilidad de llevarlo al hospital, poder salvarle la vida... pero entonces pensó en lo que había hecho Amy al intentar evitar la muerte de sus padres viajando a través del portal. La muerte no entiende de órdenes o cambios; es libre, actúa a su antojo y viene cuando tiene que venir aunque no la hayan llamado. Llega de cualquier manera y, aunque la intentes evitar, vendrá igualmente a por ti el día y a la hora que tengas programada la visita. Le da igual de qué manera, lo único que le importa es la puntualidad.

April asimiló que ese fatídico siete de septiembre de 1999, era el día en el que John tenía predestinado pasar a otra dimensión.

7 de septiembre, 2008

Brooklyn, Nueva York

Habían pasado ocho años desde que John desapareciera físicamente de las vidas de April y Amy. Como cada siete de septiembre, fueron hasta su tumba a dejarle unas bonitas flores y a mencionar alguno de los muchos recuerdos que tenían con él. A lo largo de esos años, la presencia de John, aunque invisible, parecía estar junto a ellas en momentos significativos. Madre e hija, cuando esto ocurría, se miraban sonriendo sintiendo la presencia del hombre más importante de sus vidas. Ellas, más que nadie, sabían que las personas no desaparecen, simplemente cambian de sitio.

April desmejoró mucho con los años. Se había centrado en su trabajo en el bufete, donde encerraba hasta altas horas de la noche, y también en su hija, sin tener tiempo para nada más. Su cabello corto pelirrojo se había vuelto blanco y su rostro de cincuenta y dos años tenía más arrugas. «Regalos de la edad», bromeaba, sonriendo tristemente. Su tono de voz, siempre alegre cuando John vivía, se había vuelto insulso, como si le hubieran apagado la luz.

Amy tenía veintisiete años. Se había convertido en una mujer alta, de esbelta figura y muy atractiva, que seguía negándose a vestir con pantalones. Su armario estaba repleto de vestidos, bonitas blusas y faldas. Había dejado que su melena ondulada rubia creciese por falta de tiempo para ir a la peluquería, según ella, y el redondito rostro infantil que recordaba con cariño April, se volvió femenino, fino y elegante, destacando en él sus preciosos ojos azules como el mar.

A lo largo de estos años, la joven se había centrado en sus difíciles estudios de medicina y en su madre, acompañándola en su dolor; estando con ella siempre que la necesitaba. April no hubiera sido capaz de sobrellevar la marcha de John sin su hija. No hubiera sido lo mismo.

Con los años, Amy no pudo recuperar la memoria de su pasado. Seguía sin recordar quién era Paul y quienes habían sido los flamantes propietarios de la casa colindante a la suya, que seguía produciendo grietas a su propiedad a causa del abandono. La última relación conocida que tuvo fue con un compañero de la facultad llamado Tom. No fue nada importante para Amy, así que, después de un año, lo dejaron. No quiso volver a saber nada de los hombres y mucho menos del amor. Ninguno era lo suficientemente bueno o especial para ella y no quería estar con cualquiera solo por el hecho de sentirse sola. A nivel profesional, las cosas no podían irle mejor. Había conseguido una plaza fija como médica en el Hospital Coney Island de Brooklyn; estaba bien considerada y quería independizarse. Estuvo viendo algunos apartamentos cercanos a la casa de Clinton Hill de su madre para que no se sintiera tan sola, pero ninguno la había convencido por el momento.

—Cómo pasan los años, Amy... —se lamentó April frente a la tumba de John—. Parece que fue ayer cuando... —April se quedó muda al darse cuenta que estaba a punto de meter la pata al recordar la primera vez que vio a Amy sentadita en la buhardilla con su vestido anticuado procedente de los años treinta.

—Te entiendo, mamá.

Mantuvieron un rato de silencio y recordaron las últimas vacaciones de los tres juntos en Roma. Lo mucho que le gustaron los helados a John y cómo su camisa preferida de cuadros se puso perdida de salsa de tomate de unos espaguetis que comieron en la pizzería *Loffredo*.

A las once y media, April se fue a casa. A pesar de ser domingo, Amy tenía turno en el hospital.

A las dos del mediodía, April escuchó ruidos en la buhardilla. Subió inmediatamente sabiendo que algo estaba sucediendo allí. Antes de entrar, le pareció oler a humo y los peores recuerdos vinieron a su mente. Abrió rápidamente la puerta y se encontró a un hombre desfallecido en el suelo repleto de quemaduras por todo su cuerpo. April, reconociendo de inmediato al hombre, llamó inmediatamente a una ambulancia que lo trasladó inconsciente hasta el hospital donde estaba trabajando Amy.

Durante el trayecto en ambulancia, April observó detenidamente al joven tumbado en la camilla. Una bomba de oxígeno y mil artilugios más, ayudaban a mantenerlo con vida. Su estado era crítico y medio rostro quedaría desfigurado a causa del fuego para siempre. April empezó a entenderlo todo, aunque no comprendía los bestiales saltos en el tiempo que habían sucedido desde aquella vez que conoció y habló con Paul en la buhardilla de 1998. Ese hombre era Paul, estaba convencida de ello. Las quemaduras en su cuerpo y en su rostro le decían que también fue quien, en 1992, salvó a su hija de ser atropellada por aquel Nissan negro que nunca encontraron. Fue uno de los momentos de su vida que más le impactó, ¿cómo olvidarlo? ¿Y si ese fuego del que Paul venía era el de 1998? ¿Y si Paul fue quien salvó a su hija de morir en él sacándola de casa? Entonces, ¿quién le propinó aquel golpe en la cabeza?

En cuanto entraron por la puerta de urgencias, April preguntó por su hija, que fue corriendo hacia ella preguntándole qué había pasado.

—Me lo he encontrado en la calle, Amy. Tienes que salvarlo —inventó April esperanzada. Amy la miró seriamente pareciéndole descabellado que su madre encontrara a un hombre quemado en la calle y, a continuación, observó el rostro desfigurado del hombre. April se dio cuenta que su hija también había olvidado el capítulo de su pasado en el que estuvo a punto de morir atropellada por aquel coche, y fue ese mismo hombre con medio rostro quemado quien dio su vida por ella.

—Vamos a hacer lo posible, mamá. Ve a casa, por favor —se apresuró a decir Amy.

Amy corrió junto a todos sus compañeros para tratar de salvar la vida de ese hombre. April la miró con el orgullo característico de una madre y, al saber que no podía hacer nada más, se fue a casa sabiendo que Paul se salvaría. Sí, viviría. Tenía que ir a 1992 a salvar la vida de su hija; aún no había llegado su hora.

9 de noviembre, 1946

Brooklyn, Nueva York

Paul no había regresado a la buhardilla de los Stuart desde la última vez que habló con la señora Thompson y esta le contó la pérdida de memoria de Emily a causa de un incendio en 1998. No quería volver a perderse nada de la infancia de su pequeño Robert. Cambiaba y crecía cada día, el tiempo pasaba rápido y quedaban pocos días para que cumpliera su primer año de vida.

Los Lee y los Miller se unieron para celebrar el veintiséis cumpleaños de Paul. Una vez más, recordó los diez años que estuvo celebrando sus cumpleaños junto a Emily. Eso le hacía sonreír. En esa ocasión, se sentía feliz por soplar las velas con su hijo en brazos.

El pequeño Robert era la felicidad del hogar de los Lee, aunque Rachel y Paul apenas se hablaban. Ella fue incapaz de perdonarle que desapareciera de casa durante aquel mes. No compartían habitación y, en las pocas ocasiones en las que hablaban, se menospreciaban y herían. Pero Rachel lo seguía amando en silencio aunque lo sintiera cada vez más lejos. Sentía que le había destrozado la vida, su porvenir y la posibilidad de haberla compartido con alguien que la amara de verdad. Y ese no era Paul. Nunca fue Paul. Él, a pesar de engañarse a sí mismo y engañar a quienes tenía a su alrededor incluida Rachel, no había podido olvidar a la niña que jamás vio convertida en mujer.

Rachel tenía más secretos inconfesables. Jamás le explicaría a Paul el encuentro con su hijo Robert, de treinta años, algo que ella misma no pudo ni siquiera creer en ese momento. Pero vaya si lo era... son cosas que solo una madre puede saber. No olvidaría jamás aquella tarde en el café.

—**H**ola, mamá. Qué joven y guapa te veo —la saludó el hombre de ojos rasgados de color verde y divertidos hoyuelos al sonreír en su marcado rostro.

—¿Perdón? —balbuceó Rachel asustada.

—Extraño, ¿verdad? —comentó el desconocido que la había llamado: «mamá». Resultaba misterioso y chocante.

—Claro. La única persona que puede llamarme mamá tiene un mes y medio de vida... Y tú eres mucho más mayor que yo —rio Rachel.

—Efectivamente, en esta época sí. Mi nombre es Robert Miller, tengo treinta años. Nací el veinticinco de noviembre de 1945 y vengo de 1975. Soy un viajero en el tiempo y sí, soy tu hijo. Al que ahora ves tan pequeño.

—Pero ¿cómo? —preguntó Rachel, dejando de pensar que se trataba de una broma y creyendo al hombre que decía ser su hijo del futuro visitándola en su presente. Era extraño, una locura, pero así lo sentía al mirar sus ojos, de idéntico color a los suyos y, sobre todo, esos característicos e inconfundibles hoyuelos. Por un momento, incluso se sintió orgullosa del hombre en el que se convertiría su hijo con el paso de los años; unos años que ella aún no conocía.

—¿Está Paul en casa?

—Tu padre. Sí, está contigo.

—Qué raro...

—¿Por qué raro?

—Aún no puedo contarte mucho, mamá. Saber cosas de tu futuro harían que te volvieras loca en tu presente y no podrías soportarlo.

—Pero tú vienes del futuro, ¿verdad? —Robert la miró tristemente—. Oh... Yo ya no existo en 1975...

—Lo siento. Es algo que no deberías saber.

—No pasa nada, Robert. Nadie vive eternamente, ¿no?

—Quiero enseñarte algo. —Robert le ofreció la mano a su madre—. Pero debemos ir con mucho cuidado. Paul no nos puede ver.

—¿Por qué llamas a tu padre por su nombre? —le extrañó.

—Porque nunca lo he considerado un padre. Y también me negué a llevar su apellido.

La mirada de odio de Robert al decir esas palabras, le helaron la sangre a Rachel. ¿Por qué no lo consideraba un padre? ¿Qué era lo que pasaría? ¿Qué era lo que le esperaba? Fueron caminando hasta casa. Los vecinos miraron mal a Rachel al verla con un desconocido y atractivo acompañante. Entraron en su casa y, sigilosamente, sin que nadie los viera, lograron entrar en la buhardilla. Allí Rachel vio algo espectacular e inimaginable. Un agujero de un color rojo intenso envuelto en una espiral que lo envolvía todo, desprendiendo un calor infernal, se había apoderado de un trozo de pared de la buhardilla.

—Robert, ¿esto qué es?

—Un portal del tiempo, mamá. Estaremos en contacto. Solo espera, por favor. Ten paciencia y espera —repitió seriamente frunciendo el ceño.

Robert le dio un cariñoso beso fraternal a Rachel, que vio cómo su hijo —tan mayor y tan guapo—, se adentraba en ese misterioso agujero para desaparecer a través de él. Miró la pared durante largos minutos esperando volver a ver algo, pero no ocurrió nada más.

Lo había estado esperando hasta entonces. Pero no había vuelto a saber nada de su hijo del futuro ni del agujero ardiente de color rojo. A veces pensaba que lo había soñado, pero era una mujer realista y sabía perfectamente que lo que había visto era real. Sorprendente, pero real.

Diciembre, 1946 – Enero, 1947

Brooklyn, Nueva York

Paul había tomado una decisión. Su relación con Rachel iba de mal en peor y se sentía mal cuando ella lo miraba. Le daba pena que no hubiera salido bien. Se culpaba por no haberla querido más o, al menos, no tanto como desde siempre había querido a Emily. Es muy diferente querer a alguien porque te nace que obligarte a ti mismo a sentir. La había engañado a ella y a sí mismo a pesar de haber tenido una relación inicial que recordaría siempre con cariño. Fue bonito mientras duró y se le partía el alma al pensar que no volvería a ver a su hijo. Que el pequeño crecería sin un padre, sin un ejemplo a seguir, sin una figura masculina que le enseñara a dar sus primeros pasos importantes en la vida. Pero no podía más, quería ser feliz. La decisión ya estaba tomada.

Esas serían las últimas navidades con sus padres, con los Miller, con Rachel y su pequeño... después, sin saber con exactitud qué ocurriría, se adentraría a través del portal en busca de una nueva vida, una nueva etapa quizá más sencilla que la que vivía y con la mujer de sus sueños. Aquella niña que el portal le arrebató cuando solo tenían diez años.

La noche de fin de año fue especial. Paul contemplaba en silencio, concentrado para llevarse consigo ese momento, los rostros de sus padres, sabiendo que sería la última vez que los vería. Quiso hacer un brindis por los años vividos. Y por lo que estaba por venir aunque ellos no fueran testigos. Todos asintieron felices, sin saber todavía el daño que les causaría a Evelyn y a Michael perder a su hijo y pudiendo entender cómo se sintieron Martha y Robert Stuart cuando Emily desapareció. Él tampoco dejaría ningún rastro. El tiempo sería el encargado de ayudarles a olvidar, a mitigar el dolor y la ausencia de alguien querido. Miró a Rachel. Ella esquivó en todo momento su mirada. Quería recordarla feliz, como años atrás, tan encantadora y sonriente como la conoció. Seguía siendo muy bella, aunque la luz de sus ojos no brillaba como antes; en ellos se podía ver la amargura que su corazón sentía. No le causaría más dolor, al menos no su presencia, que parecía incomodarla cada día más. Observó también a los Miller, siempre tan orgullosos de la familia con la que se había unido Rachel. Agradables y afectuosos, eran buenas personas que no merecían ver a su hija sumida en un profundo dolor. Jack

Miller, su cuñado y compañero de batallas en el partido demócrata de los Estados Unidos, vivía ajeno a todo, en su propio mundo y convertido en el soltero de oro de Brooklyn.

Dieron la bienvenida al año 1948 con alegría. Qué lejos quedaría ese año para Paul en unas horas.

Antes de que Evelyn y Michael salieran de la que fue su casa durante muchos años, Paul quiso hablar con ellos.

—Feliz año, madre. Padre... —Bajó la mirada—. Nunca os he dicho lo afortunado que me siento por ser vuestro hijo. Habéis sido unos buenos padres. Con vuestros fallos —continuó, sonriendo y recordando los días que pasó encerrado en la biblioteca estudiando y perdiendo horas de infancia junto a su amiga Emily—, pero buenos padres, al fin y al cabo. Gracias por todo.

—Cielo... —empezó a decir Evelyn complacida—. Cómo se nota que ahora tú eres el padre. Y vas a ser el mejor, cariño. Feliz año —se despidió, besando la mejilla de su hijo.

—Todo lo que hemos hecho ha sido por tu bien, hijo —dijo el señor Lee, poco acostumbrado a demostrar sus sentimientos y menos con palabras. Paul asintió, sabiendo que, tras lo dicho, se escondía un: «Eres lo más importante para tu madre y para mí.»

El pequeño Robert dormía plácidamente en su

habitación. Cuando Paul fue a verlo, no pudo evitar volver a sentir dudas. Lloró en silencio sin saber que Rachel lo observaba apoyada en el marco de la puerta, oculta en la oscuridad de la estancia. Cuando Paul salió, se tropezó con Rachel en el pasillo. También quería despedirse de ella.

—Me voy a dormir —dijo fríamente la mujer.

—Rachel... Lo siento. De verdad que lo siento. Me hubiera quedado anclado contigo en el verano que pasamos juntos en la casa del lago de Minnesota.

—La vida no puede ser idílica, Paul. Nada es de color de rosa y hay que saberlo afrontar.

—Me gusta que seas así. Que seas fuerte. Quiero que sepas que te quise —afirmó con seguridad—. Que, a pesar de todo, te quise de verdad.

Rachel no contestó. Durante un instante, a Paul le pareció volver a recibir una cariñosa mirada de la que era su esposa. Una mirada dulce que le decía sin palabras que aún lo amaba. Esperó en el pasillo frente a la puerta de la habitación de su hijo, hasta que Rachel se encerró en la suya. Bajó las escaleras, se despidió también de la casa y fue hasta la que había sido el hogar de los Stuart. En ella dejó una carta a su abogado en la que decía que esa casa solo podía ser vendida a la señora April Thompson y esposo en un tiempo aún lejano. Cogió una cantidad de dinero en efectivo con la que poder vivir sin dificultades durante años, sin saber si los billetes sobrevivirían al viaje, y subió hasta la buhardilla.

Esperó al portal pacientemente durante una hora

que se le antojó eterna.

Al fin, cuando el agujero, frío como siempre, apareció a la una y diez minutos de la madrugada, Paul miró por última vez la buhardilla de 1948. Se tomó su tiempo para despedirse de señor Oso y señora Ricitos que desaparecerían con el tiempo, y se adentró a una nueva época aún desconocida.

Noviembre, 2008

Brooklyn, Nueva York

El mes de noviembre era triste para Amy. No sabía por qué, no tenía ningún motivo, pero se mostraba más nostálgica de lo normal. Le gustaba salir poco y, cuando lo hacía, era solo para ir a trabajar al hospital, ver a su madre o al café a tomar un capuchino con el único entretenimiento de contemplar a los transeúntes desde el ventanal. Al fin había encontrado el apartamento perfecto en el que mudarse, en la Avenida Clermont, justo enfrente de donde vivía su madre. Tenía unas vistas privilegiadas a la casa de April y eso bastaba para seguir cuidando de ella. El apartamento era pequeño, pero coqueto, cálido y acogedor. Perfecto para Amy, que pasaba más horas en el hospital que en casa.

—Qué grande se me va a hacer esta casa ahora… —se lamentó April cuando Amy se mudó.

—Mamá, estoy enfrente. Me sabe muy mal, pero me apetece independizarme y vivir mi vida.

—Claro, cariño. Lo entiendo perfectamente. Y te admiro —sonrió April.

—Además, estoy justo enfrente, para lo que necesites estaré siempre aquí. Cerquita, al lado...

—Sí, sí, tú no te preocupes.

La idea de mudarse a un apartamento más pequeño era impensable para April. Aún esperaba la llegada del viajero en el tiempo que conquistara el solitario corazón de su hija. Y sabía que llegaría. Tarde o temprano, llegaría.

Una fría mañana, cuando Amy salía de casa para dirigirse al hospital, vio cómo un hombre alto, de unos treinta años y muy atractivo, salía de la casa colindante a la de su madre. La casa abandonada que tanto daño le estaba haciendo a los cimientos de la casa en la que se crio.

—¡Eh! ¡Eh! ¡Perdone! —le gritó Amy desde la acera de enfrente y corriendo hacia él, que se estaba colocando bien su bufanda gris.

—¿Sí? —preguntó altivo.

—¿Tienes algo que ver con esta casa? —preguntó Amy, señalando la casa que fue de los Lee y que ella ya no recordaba.

—¿Por qué?

—Bueno, te he visto salir de ella.

—Creo que te estás confundiendo...

—No, no me estoy confundiendo —respondió tajante Amy, adoptando el mismo tono altivo que el hombre que tenía delante—. Has salido de esa casa y temo decirte que está provocando serios daños a la casa de mi madre.

—¿Cómo?

—Sí. ¿No lo ves? —dijo, palpando la pared agrietada a causa del abandono de la propiedad.

—Ya veo, pero no tengo nada que ver con eso. ¿Qué tal si lo hablamos tomando un café? —propuso el atractivo joven.

—Ni hablar.

Amy se dio la vuelta, fue caminando hasta su coche y se dirigió al hospital sin ver cómo el hombre de la bufanda gris que acababa de conocer, observó todos sus movimientos con una media sonrisa.

Amy llegó al hospital una hora antes de su jornada, como había hecho desde el siete de septiembre, día en el que su madre trajo al hombre cuyas quemaduras habían sido tan graves que tuvo que estar ingresado en la UCI durante más un mes. Lo habían subido a planta hacía unos días y Amy era su única compañía. Ella prometió ocuparse de todos los gastos médicos de ese hombre, un mendigo ante la sociedad sin documentación. Nadie sabía quién era y él no podía articular palabra. A Amy le bastaba con saber que estaba cómodo y a salvo en su habitación privada y a veces, cuando él la miraba agradecido con la poca visibilidad que le había quedado en su ojo derecho, se sentía profundamente bien consigo misma.

—¿Cómo ha pasado la noche? —preguntó Amy a

la enfermera.

—Es un hombre fuerte. Pobrecito... debe tener tantos dolores... Pero aguanta bien.

—Gracias.

—En recepción tienen la factura de septiembre y octubre, Amy... —le informó la enfermera con apuro.

—No hay problema, luego la recojo.

Amy entró sin hacer ruido. Se sentó al lado del hombre que, al verla, trató de sonreír.

—Amigo —saludó—, ¿cómo te encuentras hoy? Vamos a continuar leyendo estas cartas tan bonitas...

Cuando trasladaron al hombre a la UCI, Amy encontró unas cartas antiguas amarillentas en el bolsillo izquierdo de su desgastado pantalón, dedicadas a una tal Emily. Amy soñaba con ser amada de la misma manera en la que esa mujer lo había sido, supuestamente, por ese hombre.

—Vamos a ver... Oh, sí... esta es mi preferida. ¿Preparado? —Amy le guiñó un ojo. Ese hombre que tan bien la conocía, la miró profundamente enamorado.

«Mi querida Emily,

¿Dónde estarás? Nos quedaron tantas cosas por vivir... tantos sueños por cumplir... Sueño cada noche con esa mirada infantil convertida ya en la de una preciosa mujer de ojos claros dedicándome cada uno de sus pensamientos. Puede que me hayas olvidado; que estés en un tiempo desconocido o en otra dimensión; en un rincón donde yo ya no exista para ti. Pero los recuerdos de lo vivido y de lo que no sucedió, permanecen en mí para siempre. Porque a veces, lo que no sucede, también nos pertenece.

Hoy es mi cumpleaños. Nuestro cumpleaños. Puede que no estés físicamente, pero siento tu mano entrelazada con la mía como cuando éramos niños y soplábamos con dificultad y torpeza las velas de nuestras tartas de cumpleaños.

Hay algo que quiero que sepas, estés donde estés, Emily. Lo que el tiempo olvidó es que, por muy caprichoso que sea, no puede separar a dos almas destinadas a estar juntas desde el día de su nacimiento. Lo que el tiempo olvidó es que los sentimientos son más fuertes que el destino y que cada persona es responsable de su suerte. Lo que el tiempo olvidó es que nos quisimos como niños y nos querremos durante toda nuestra vida y más allá de la muerte. El tiempo y el olvido son poderosos, sí, pero no son sentimientos. Los sentimientos son más fuertes y estoy convencido que, algún día, ganaran esta batalla. Al menos eso quiero pensar, querida Emily. Los años han pasado y sigues siendo en mi mente esa alegre y feliz niña a la que no he podido olvidar. Nos veremos pronto, Emily.

Siempre tuyo,
P. »

A Paul le gustaba ver cómo Amy se deleitaba con

cada palabra, recorriendo con su dedo cada rincón del desgastado papel. Él se emocionaba con ella al observar cómo se le humedecían los ojos al leer con lentitud y serenidad cada una de las cartas que se sabía de memoria. Su voz lo transportaba a otra época que Amy aún no conocía en ese momento, pero que empezaría a vivir en un futuro cercano. Para Paul, en esos momentos, ya había pasado toda una vida. Para Amy no había hecho más que empezar.

—Es preciosa, «P». ¿Cómo te llamas? Vamos a pensar... —murmuró, mirando hacia el techo de la habitación concentrada—. Patrick, Preston, Payton... vaya, realmente hay pocos nombres de hombre que empiecen por «P»... Siempre me ha gustado el nombre de Paul. Sí, si algún día tengo un hijo, le llamaré Paul. ¿Qué te parece? —Amy no esperaba ninguna reacción por parte del hombre, aunque seguía mirándola fijamente—. Amigo, hoy tengo que dejarte un poco antes... tengo que arreglar un asunto. Gracias por tu compañía, cualquier cosa que necesites, ya sabes que las enfermeras están para cuidarte. Quéjate, que para eso estamos.

Amy le guiñó un ojo y le acarició delicadamente un trozo de mano que no se había visto afectada por el incendio. Paul sonrió, pero Amy no podía verlo, puesto que su boca estaba cubierta por unos incómodos tubos.

Al ir a recepción, Amy pidió la factura de la hospitalización y cuidados de Paul. «Su amigo», como ella lo llamaba. Firmó un cheque cuya cantidad ascendía a veinte mil dólares.

—Amy, ¿por qué lo haces? —le preguntó Emma, la administrativa.

—Porque un día alguien me salvó de morir en un incendio. Yo podría estar muerta, Emma. Y ese hombre está claro que ha arriesgado su vida por alguien.

Emma la miró con una mezcla de desconcierto y admiración. La doctora Thompson siempre tan serena, concisa y diplomática... tan sola.

Amy salió del hospital a las siete de la tarde. Agotada y ojerosa, llamó a su madre por si le apetecía ir a cenar al *Marietta*, el restaurante preferido de ambas. April, ese día, decidió quedarse hasta tarde en el bufete para no perder la costumbre. Antes de que Amy entrara por el portal de su apartamento, vio que el hombre al que había visto esa mañana la miraba fijamente desde la otra acera. Disimuló, buscando apresuradamente las llaves para poder entrar lo antes posible, pero no le dio tiempo. El hombre se dirigía decidido hacia ella.

—Creo que me debes un café. Aunque a estas horas ya podríamos hablar de una cena —volvió a proponer.

—Yo a ti no te debo nada —la atacó Amy malhumorada.

—¿Un mal día?

—¿Y a ti qué te importa?

—¿Por qué eres tan hostil? —quiso saber el aún desconocido, frunciendo el ceño.

—¿Por qué eres tú tan impertinente?

—Creo que no hemos empezado con buen pie... Mi nombre es Robert Miller.

—Pues muy bien.

—Es de mala educación no decir tu nombre cuando alguien se presenta —le echó en cara Robert, con una media sonrisa.

—¿Qué es lo que quieres? Esta mañana te he dicho que te he visto salir de esa casa. Has intentado volverme loca diciéndome que no y, después de tantos años, al final tendré que ir al ayuntamiento a reclamar que nos arreglen la maldita fachada y poner una denuncia. Si eres el propietario, prepárate.

—De verdad que lo siento pero, como te he dicho esta mañana, no tengo nada que ver. ¿No me vas a decir tu nombre? —insistió Robert, sin perder su sonrisa.

Era atractivo. Muy atractivo. Las canas que asomaban por su cabello negro y lacio lo hacían aún más interesante. Sus ojos rasgados de color verde desprendían un misterio cautivador junto a una sonrisa perfecta y unos hoyuelos irresistibles.

—Amy, Amy Thompson —respondió molesta—. Y ahora, ¿me dejas entrar en mi apartamento, por favor?

—Un café. Solo un café y desapareceré de tu vida.

A Amy le hizo gracia esa frase, le sonaba haberla

escuchado en alguna de esas películas románticas que tanto le gustaban. No pudo evitar sonreír tímidamente y asentir en silencio. Total, no tenía otra cosa mejor que hacer.

Amy guardó las llaves en el bolso y le indicó a su acompañante por dónde tenían que ir. Atravesaron la Avenida Willoughby, cruzaron un par de calles y llegaron al café de la esquina al que solía acudir ella. Robert lo conocía muy bien... pero también sabía mentir y disimular perfectamente.

—¿Aquí? —preguntó Robert inocentemente, como ubicándose en un lugar nuevo, mientras se quitaba el chaquetón dejando al descubierto un fuerte torso masculino oculto bajo una camisa negra.

—Sí. ¿Qué quieres?

—Un capuchino.

—¡Carol! Dos capuchinos, por favor.

—¡Marchando! —respondió Carol desde la barra del bar.

Amy miró fijamente a Robert. Retándolo a que fuera él quien iniciara la conversación.

—¿A qué te dedicas, Amy?

—Soy médica. ¿Tú?

—Escritor.

—¿Sí? ¿Qué has publicado?

Robert no podía decirle a Amy que su primera novela la publicó en 1965 con solo veinte años. A esa le siguieron tres más utilizando un pseudónimo. Una en 1970 y otra en 1975, justo dos meses antes de decidir quedarse en 2008 tras varios viajes en el tiempo. 1975 lo recordaría como el peor año de su vida a pesar de la exitosa publicación de su última novela. Le daba igual estar completamente solo en el siglo XXI, puesto que en 1975 también lo estaba. Fue el año en el que murió su madre, la única persona que le quedaba en este mundo.

—Todavía nada —mintió.

—Y si no has publicado nada, ¿te atreves a llamarte escritor? —Robert sonrió. Se le volvieron a marcar los hoyuelos que a Amy tanto le habían gustado.

—Estoy en ello, Amy. Cuéntame algo de ti... —Amy no sabía si mandarlo a paseo o seguirle el juego. Físicamente la atraía, pero era cierto que no habían empezado con buen pie y, si en algo creía Amy, era en las señales. Si algo empezaba mal, ¿por qué iba a ir bien? Por otro lado, había algo en Robert que le creaba desconfianza.

—Hay poco que contar. Me paso el día encerrada en el hospital trabajando y, cuando no estoy allí, me encierro en casa. Me gusta leer y ver películas románticas, de ciencia ficción y de terror. Adoro la pizza y las palomitas y fumar de vez en cuando... como ves, una médica con hábitos muy saludables. —Robert rio.

—¿Y tus padres?

—Mi padre murió hace años y mi madre vive en la casa que te he dicho. Pero en serio, volviendo al tema de la casa, no me vuelvas loca. Te vi salir de ahí.

—Te prometo que no —volvió a mentir Robert,

queriendo parecer lo más convincente posible.

—Tendré que creerte porque no das el brazo a torcer. ¿Y además de intentar ser escritor, qué más haces? Cuéntame algo de ti —sugirió Amy, dando un sorbo al espumoso capuchino que Carol le había acabado de traer a la mesa.

—Perdona, ¿me permites? —Robert, atrevido por naturaleza, se acercó a Amy para retirar, con la yema de su dedo, un poco de espuma del café que se le había quedado en los labios—. Lo siento —se disculpó, al ver que no parecía muy cómoda pese a lo romántico del momento. «Quizá muy precipitado», pensó Robert—, tenías un poco de espuma del capuchino en los labios

—Es capuchino. Es algo normal —le cortó Amy, molesta, limpiándose con una servilleta.

—Como te he dicho —trató de romper el hielo Robert y volver a la conversación—, soy escritor. Tengo treinta años y me acabo de mudar a un piso cercano al tuyo, en la Avenida Dekalb. —Amy asintió prestándole atención—. Mis padres murieron hace cinco años en un accidente de coche y no tengo hermanos, ni tíos, ni primos... estoy solo en el mundo. —Mintió. Excepto en lo de la soledad. En 2008 no quedaba nadie vivo de su familia que él conociera.

—Ohhh... —se compadeció Amy, pensando en la posibilidad de perder a April. Ella también se quedaría sola, April y John eran hijos únicos y a sus abuelos no los llegó a conocer—. Lo siento. Por lo menos tienes amigos, ¿no?

—Como te digo, me acabo de mudar. Soy de California, todos mis amigos están allí, así que no conozco a nadie —improvisó Robert.

Amy siguió compadeciéndose de él en silencio, olvidando el gesto osado que había tenido retirándole la espuma del café del labio. «¿Qué confianzas son esas?», pensó al principio, poco dada al contacto con la gente y menos con desconocidos. Aunque luego, al observarlo mejor, vio que había sido un gesto tierno e inofensivo sin ningún tipo de malicia y se compadeció de él decidiendo darle una oportunidad. No parecía mal tipo. Probablemente era un escritor frustrado sin futuro ni suerte; sin familia ni amigos. Tal vez, con el tiempo, llegaran a ser amigos o... quién sabe... a lo mejor era el amor de su vida como sucede a veces en las películas románticas. Chico conoce a chica, se caen mal, muy mal... los tópicos de siempre. Pero finalmente, acaban locos el uno por el otro. En su mente femenina ya se estaba gestando una historia digna de la mejor película romántica de la historia. Ella misma se sorprendió, puesto que hacía mucho tiempo que no miraba a ningún hombre como estaba mirando a Robert en ese momento. Decidió mirarlo con otros ojos; a fin de cuentas, no tenía nada que perder.

—Bueno —dudó—, ahora ya conoces a alguien.

—Entonces, no te caigo tan mal, ¿no? —Amy rio.

Había funcionado. Siempre funcionaba. Dar pena era su táctica preferida para conseguir lo que quería. Lo había hecho durante toda su extraña vida marcada por la ausencia de una figura paterna a la que imitar y admirar.

Continuaron hablando del mes de noviembre y el frío que hacía en Nueva York. De sus planes navideños y de relaciones pasadas. Robert inventó haber tenido una vida amorosa estable y aburrida para que Amy no pensara que era un veleta.

—Se llamaba Rose. Salimos durante doce años hasta que me fue infiel con mi mejor amigo.

—Vaya.

—Sí, un palo. Bueno, ese ha sido uno de los motivos por los que he decidido mudarme y venir a Nueva York.

—Robert, perdona que sea tan directa, pero ¿hay algo que te haya salido bien? —Ante esa pregunta, Robert se quedó desconcertado y paralizado, algo que nunca le había sucedido. No esperaba que Amy fuera tan impredecible y siguiera siendo desagradable después de lo bien que parecía ir todo. Sin saber qué responder a eso, se limitó a forzar una media sonrisa y a encogerse de hombros—. Perdón, ha sido una grosería. Y se ha hecho muy tarde. Así que será mejor que me vaya a casa.

—Voy contigo.

Robert pagó los capuchinos y la acompañó hasta el portal de su casa como todo un caballero.

—Gracias por este ratito. Ahora ya puedo desaparecer de tu vida tranquilo.

—No... Quiero decir que... bueno, no hace falta que desaparezcas de mi vida. Ha sido un café agradable y podemos repetirlo cuando quieras.

—Eso sería genial. —Robert procedía de otro tiempo. En 2008, en realidad, tendría sesenta y tres años, no treinta como aparentaba al venir de 1975, así que había estudiado en profundidad unas expresiones y vocabulario poco común en su época. Al contrario que otros viajeros en el tiempo, desconocía completamente su futuro y si era posible o no encontrarse consigo mismo más mayor y canoso en ese año. Prefería no pensar en ello, ya de por sí, viajar en el tiempo había complicado su existencia.

—¿Apuntas mi teléfono?

A Amy le extrañó ver cómo Robert sacaba un papelito y le pedía un bolígrafo o un lápiz para apuntar su número de teléfono.

—¿No tienes teléfono móvil?

Robert sabía lo que era un teléfono móvil, claro, pero aún no había tenido ocasión de comprar uno. Las nuevas tecnologías del siglo XXI le daban pánico y se resistía a ellas.

—Mi móvil se ha roto. Mientras tanto, teléfono fijo, el de toda la vida —puntualizó Robert, siendo lo suficientemente convincente, como para que Amy asintiera y anotara su número en el papelito.

—Aquí lo tienes. Hasta la vista.

Robert esperó a que Amy entrara por el portal y le dijera adiós con la mano, cerrando la puerta tras ella. Guardó el papelito con su teléfono, encendió un pitillo e introdujo las manos en los bolsillos de su chaquetón para calentarse. Eran las nueve de la noche, hacía mucho frío y el vaho se entremezclaba con el humo del cigarro. Su silueta de desvaneció en la noche, entrando discretamente en la abandonada casa que lo vio nacer hacía sesenta y tres años.

Diciembre, 1949 – Enero, 1950

Brooklyn, Nueva York

La vida de Rachel Miller, que había decidido volver a adoptar el apellido de su familia tras la desaparición de Paul hacía tres años, había cambiado drásticamente. Llevaba una vida cómoda y discreta en el que fue el hogar de los Lee con su pequeño hijo Robert, que había acabado de cumplir cuatro años. Era un torbellino de cabello negro y preciosos ojos verdes. A Rachel no le era difícil imaginar cómo sería de mayor. Lo había visto, había hablado con él. Estaban muy unidos, ahora y en el futuro, y ese era el único consuelo que le quedaba. A lo largo de esos años, el rostro de Rachel se había visto afectado por los disgustos que le había dado la vida y el odio acumulado hacia quien fue su marido. Sus divertidos hoyuelos pasaban desapercibidos y sus ojos verdes, como los de su hijo, se habían apagado. Había perdido mucho peso, apenas comía y las ojeras delataban que no dormía bien por las noches porque, en secreto pasaba las horas en la buhardilla, hipnotizada ante el agujero rojo que aparecía frente a ella. En cada una de sus visitas esperaba ver a su hijo, pero ya hacía días que no sabía nada de él. Por otro lado, sabía que Paul ya no pertenecía a esa época, sino a un futuro lejano y desconocido; ya había asumido que no volvería a verlo. Seguramente habría utilizado otro portal del tiempo que Rachel desconocía, pero ¿qué importaba? A menudo soñaba con él; lo volvía a ver en el pasillo con las mismas palabras de aquella primera noche de 1947 que no supo ver como la despedida que acabó siendo.

Esa noche ella y su hijo despedirían un terrible 1949 en soledad. Rachel se encargaría personalmente de preparar la cena desde que, en marzo de ese mismo año, decidiera despedir al servicio. Sus padres irían a cenar con la familia de la esposa de su hermano, que sorprendió a todos con un rápido enlace con Melissa, una mujer a la que conocía de apenas unos meses y cuya familia, procedente de Londres, tenía diversas propiedades agrarias que los había hecho ricos en poco tiempo. Sobre los Lee, Rachel decidió apartarlos de su vida y la más perjudicada fue Evelyn, gravemente enferma desde que su hijo desapareció, y con una profunda depresión desde que su nuera le impidió volver a ver a su nieto. El señor Lee, sin embargo, era de los que llevaba la procesión por dentro, pero su corazón se debilitó a lo largo de ese tiempo y las visitas del médico a su apartamento neoyorquino eran cada vez más frecuentes.

—¿Por qué no viene papá? —preguntó el pequeño Robert, sentándose en su sillita de madera y moviendo energéticamente los pies. A pesar de su corta edad, recordaba a Paul cada día, aunque hablaba poco sobre él. Sabía que a su madre le dolía su ausencia.

—Hoy cenaremos los dos solitos y recibiremos 1950 juntos. ¿Me darás un beso? —El pequeño asintió.

—Mamá, no soy tonto. En la escuela dicen que papá tiene una nueva mujer y que tú eres mala y que por eso te ha dejado.

Rachel reprimió sus ganas de gritar y empuñar el cuchillo que tenía en las manos contra la tabla de madera de cortar. Eran comentarios malintencionados como esos los que la habían llevado a sentir un profundo y peligroso odio hacia la persona a la que amó.

—Cariño, eso no es verdad. Tu padre se ha ido a hacer un viaje muy largo...

No quería decirle que algún día volvería, porque aún no sabía si eso sería verdad. Y, si lo fuera, ella misma se encargaría de cerrarle la puerta en las narices. La propiedad de los Lee seguía a nombre de Paul y, como segunda propietaria, estaba Rachel. Sabía que si lo acusaba de abandono conyugal no tendría ningún problema para seguir viviendo en esa propiedad. No tenía adónde ir y volver a vivir con sus padres era impensable. Cuando su hijo había venido a visitarla del futuro, le daba cuantiosas cantidades de dinero. Viajar en el tiempo le permitía jugar a la lotería sin riesgos, adivinando qué números saldrían y ganando sumas de dinero interminables.

El niño se levantó de su sillita y abrazó a su madre rodeándola por la cintura. Rachel acarició el cabello de su hijo dulcemente.

—Yo nunca te abandonaré, mamá —prometió el niño, seguro de sí mismo.

—Lo sé, cariño —afirmó Rachel, intentando evitar las lágrimas. Ya había derramado muchas, demasiadas.

Robert se durmió mucho antes de celebrar las doce campanadas. Rachel lo acostó en su cama y se dirigió a la buhardilla como cada noche. Eran las once y media. A cinco minutos de cambiar de año, el agujero rojo envuelto en una espiral que desprendía un calor infernal, volvió a aparecer iluminando por completo la estancia. Ese día sí. Recibiría 1950 en compañía de su hijo.

—Hola, mamá —saludó Robert.

—Hijo...

Se fundieron en un cálido abrazo que duró hasta media noche. Podían escuchar gritos y risas felices que provenían de la calle; celebraciones propias de la noche de fin de año, en la que la gente solía beber más de la cuenta.

—Cuánto hace que... —A menudo no necesitaban

decirse con palabras lo que ya se preveía con una sola mirada. Se conocían muy bien, como si fueran un solo ser.

—Demasiado, mamá. Vengo de 2008, nos acabamos de conocer... Voy a acabar con ella, te lo juro. —Rachel asintió complacida.

—Si no lo hago yo primero —amenazó Rachel, mirando fijamente el maléfico portal en el que aún no había sido capaz de entrar. Se retaban mutuamente, pero Rachel no las tenía todas consigo. El calor que desprendía la aterraba y la posibilidad de dejar a su pequeño hijo sin madre, más.

—Del año del que provengo, Amy está bien, a salvo.

—Pero habrá alguna posibilidad de poderlo cambiar.

—No lo sé y, si la hay, puede que cambies todo el transcurso de la historia. No sé qué consecuencias podría tener. Puede que esta conversación no suceda jamás y, de lo que estoy seguro, es de que mi vida sería totalmente diferente.

—¿No te gusta cómo es?

—¿Mi vida? —Rachel asintió—. Podría ser más fácil, mamá.

—Entiendo. Vamos a hacer lo posible para que así sea, hijo. Te lo prometo. —Robert volvió a ver esa mirada en su madre. Esa mirada de odio que lo había llevado a ser quién era.

En un futuro muy, muy lejano...

Brooklyn, Nueva York

A Paul le costó mucho reconocer la buhardilla en la que había aterrizado con un tremendo dolor de cabeza. Nada más llegar a ella, el portal desapareció dejándolo sin la posibilidad de volver.

Miró a su alrededor. Habían desaparecido los antiguos juegos infantiles de Emily. En su lugar, había un amplio escritorio de vidrio con un artilugio que a Paul llamó la atención. Se trataba de un sofisticado ordenador de nueva generación que le dio la bienvenida con una voz robótica femenina que le asustó. Él le respondió con un seco y confundido «Hola», y la máquina le dio información sobre el tiempo exterior. A Paul le sonó a chino. Se acomodó en un moderno, aunque incómodo sofá de piel roja, y esperó a que la señora Thompson apareciera. Miró su reloj de bolsillo, pero se había anclado a la una y diez minutos de la madrugada del primer día de enero de 1947. Dio vueltas por la buhardilla y observó, desde la ventana del techo, cómo el cielo estaba taponado por una nube gris. No supo distinguir si era de día o de noche pero, en cualquier caso, no veía estrellas. Como si hubieran desaparecido. Como si el mundo que él conocía, hubiera cambiado drásticamente.

Al cabo de media hora, escuchó que unos pasos se aproximaban lentamente hacia la puerta que ya no era de madera, sino de acero. Paul se puso rígido y escuchó una vocecita fina y débil que le llamaba desde el pasillo.

—¿Paul? Paul, ¿eres tú?

La puerta se abrió. Paul recibió a su visita con una mirada triste y confusa pero con una amplia sonrisa.

Febrero, 2009

Brooklyn, Nueva York

Hacía tiempo que April y Amy no se reunían un sábado por la mañana en el café. Habían perdido esa tradición por culpa de sus trabajos y por las pocas ganas que le quedaban a April de salir de casa. Aun así, Amy siempre estaba pendiente de su madre, a la que le tranquilizaba tener a su hija viviendo enfrente.

Todavía no le había hablado de Robert, con quien llevaba viéndose casi tres meses. Cada día le gustaba más y parecía ser la persona indicada para compartir un futuro y poder tener una relación como la que tuvieron sus padres, como la que siempre había admirado y deseado en secreto.

—Hacía tiempo que no venía aquí. Qué rico este capuchino —dijo April, bebiendo un sorbo de café.

—Pues yo vengo casi cada tarde —rio Amy coqueta.

—¿Te da tiempo?

—Bueno... es que... he conocido a alguien.

—¿Sí? ¿Y se puede saber quién es? ¿Cuándo me lo vas a presentar?

—Calma, calma... hace solo tres meses que lo conozco. Se llama Robert Miller y es escritor, aunque aún no ha publicado nada y, bueno, no sé, lo que veo de él me encanta.

—¿Tiene Facebook?

—No...

—¿Twitter?

—No, mamá... Ni siquiera tiene teléfono móvil.

—¿Perdón? ¿Qué persona hoy en día no tiene un perfil en redes sociales y teléfono móvil?

—Aunque no lo creas, existen personas a las que no les gusta ser dependientes de la tecnología que está amedrentando nuestros cerebros, mamá.

—Pues para mí esas personas que no se adaptan a las nuevas tecnologías, son personas que tienen algo que ocultar —insistió April.

Amy se quedó pensativa. Había buscado el nombre de Robert Miller en *Google* y no le apareció absolutamente nada. Sí mucha historia sobre un par de familias con ese apellido que vivieron en Brooklyn y cuyas vidas fueron dramáticas cuando acabaron en la ruina allá por finales de los años cincuenta, pero sobre Robert Miller nada. Absolutamente nada, como si no existiera.

—No sé, mamá... no lo había visto de esa forma. Ya sabes que me gustan las personas diferentes.

—Ya, ya... pues ya me lo presentarás para que te dé el visto bueno —la animó April divertida—. Por cierto, ¿cómo sigue el hombre que...?

—Mi amigo «P»... —la interrumpió Amy—. Igual, sin novedades. Está fuera de peligro, pero tiene muchos dolores. No sé cómo, aun así, mantiene las fuerzas para seguir respirando.

A April le entristeció escuchar eso. Saber lo mucho que estaba sufriendo Paul por su hija, por haberle salvado la vida en una ocasión. Y las fuerzas que tendría que sacar para volver al pasado y salvar a Amy en una segunda y última ocasión. Si eso no era amor, ¿qué era? Aún lo esperaba cada día en la buhardilla. Cuando llegaba a casa, era la primera estancia que visitaba, por si el atractivo viajero en el tiempo la esperaba allí, aún atolondrado y sin saber qué hacer. Pero no había vuelto; ella no lo había visto aún.

A las dos del mediodía, tras haber comido un simple sándwich, Amy volvió al hospital una hora antes de su turno para ir a visitar a «P».

—¡Amy! ¡Amy! —la llamó una enfermera corriendo tras ella cuando se dirigía a la habitación de su amigo.

—¿Qué pasa?

—Ha desaparecido.

—¿Quién?

—El hombre de las quemaduras.

Amy abrió la puerta de la habitación, encontrándose con la cama perfectamente hecha.

Efectivamente, su amigo no estaba ahí. La luz del sol del mediodía entraba con fuerza por la ventana y Amy, disgustada, lloró ante la sorpresa de la enfermera. Era como si «P» nunca hubiera existido, como si nunca hubiera estado ahí y eso, no sabía por qué, la entristecía más que cualquier otra cosa.

—¿Cuándo? ¿Cómo es posible que no lo hayáis visto fugarse? ¡Aún no está dado de alta, maldita sea!

—No lo sabemos, Amy. Seguramente fue por la noche... No sabemos cómo ha podido pasar ni cómo ese hombre ha podido levantarse por su propio pie y respirar por sí mismo —respondió la enfermera, tratando de buscar una respuesta que ella tampoco conocía con seguridad.

Amy habló con dirección, con todos los médicos, enfermeras y seguridad que habían estado en el hospital esa noche. Nadie sabía nada. Era como si «P» se hubiera esfumado.

Al cabo de unas horas, algo más tranquila, llamó a su madre. Necesitaba una voz amiga.

—El hombre con quemaduras que trajiste ha desaparecido —le informó Amy, desde la cafetería del hospital.

—Pero ¿cómo? —preguntó sorprendida April, desde el otro lado de la línea telefónica. Miró por las ventanas hacia el exterior de la calle por si a Paul se le había ocurrido volver a casa.

—No lo saben... Maldita sea, ¿cómo es posible que se escape un paciente y nadie se entere de nada? —preguntó Amy alterada.

—Amy, tranquila. Seguro que está bien. Ahora te tengo que dejar. Por favor, cálmate.

—Vale. Hasta luego, mamá.

April fue hasta la buhardilla y buscó en todas las estancias de la casa. Nada. Salió a la calle. Caminó durante dos horas buscando a Paul por todos los rincones y callejones de Clinton Hill. No debía estar en buenas condiciones; no habría podido ir muy lejos del hospital. Ya era de noche cuando April, desanimada, volvió a casa y se encontró en las escaleras de la entrada a un hombre vestido con la bata del hospital, encogido y tiritando de frío. ¡Era Paul! Él la miró como si fuera su ángel y su milagro al mismo tiempo. Trató de saludarla, pero no tenía fuerzas ni para levantar la mano.

—Tranquilo, tranquilo...

April ayudó a Paul a levantarse y a entrar en casa, asegurándose de que ningún conocido los viera. Lo llevó hasta la cocina, le ofreció una taza de chocolate caliente para entrar en calor y ropa de John que no había sido capaz de guardar en una caja.

—Gracias —logró decir Paul. No era la voz jovial que April recordaba; se asemejaba más a la que le advirtió que cuidara de su hija en 1992. Le costaba hablar. Su rostro aún tenía llagas recientes y sangre. El ojo que se había salvado, seguía manteniendo su intenso y precioso color azul que miraba a April con desesperación y tristeza.

—April, por favor, no quiero que Amy me vea así... tengo que estar oculto, no me puede encontrar, no puede...

—Tranquilo... no te verá, no sufras por eso —le tranquilizó April—. Paul, no sabes cuánto lo siento... y cuánto te agradezco lo que has hecho por Amy.

—Amy... —sonrió Paul. Él también estaba acostumbrado a llamarla así—. Toda un vida, April. Y creo que está llegando a su fin.

—No, Paul, aún no. Yo te voy a cuidar, te quedarás en casa sano y salvo hasta que... Bueno, hasta que creamos conveniente. Voy a preparar la habitación de invitados para que estés lo más cómodo posible.

—¿Hasta qué, April?

April le contó el suceso de 1992 que ella no había podido olvidar y que el Paul que tenía delante aún no había vivido. También le advirtió que, cuando le dijera que protegiera a su hija, en vez de Amy la llamara Emily, para que la April del pasado supiera o intuyera que se trataba de alguien de otro tiempo, igual que su hija.

—La April que encontrarás, aún no es muy creyente o experta en viajes en el tiempo a pesar de la aparición de Amy —le advirtió.

—Me queda un año y dos meses... Y luego, desapareceré... —aceptó Paul abstraído.

—No, Paul. Nunca desaparecerás. Los viajeros en el tiempo no desaparecen nunca.

Al otro lado de la calle, Amy esperaba a Robert que aparecería dos minutos después. Miró en dirección a la casa de su madre que tenía las luces encendidas del salón y las de la cocina, pero se extrañó al ver que las cortinas de las ventanas estaban corridas, cuando solía tenerlas siempre descubiertas.

—¿Qué tal el día? —preguntó Robert, dándole un beso en la mejilla. Aún no habían dado el paso. Robert era un caballero nacido en otro tiempo en el que el cortejo a una dama era lento y pausado. No tenía prisa, hacía tiempo que se consideraba el propietario del tiempo. De su tiempo.

—Mal, muy mal.

Amy miró fijamente a Robert y lo abrazó. Él, sorprendido, le devolvió el gesto rodeándola con sus fuertes brazos y acariciando, segundos después, su melena rubia. Amy, acurrucada en el pecho de Robert, levantó la vista hacía él, le acarició lentamente el rostro y lo besó. Un primer beso bajo las estrellas; romántico e intenso, del que Paul fue testigo desde la casa de enfrente.

—Paul, ¿qué pasa? —se preocupó April.

—Necesito dormir —manifestó Paul acongojado. April pudo ver cómo una lágrima recorría la mejilla que no había sido desfigurada por el fuego.

—Vale. Ya tienes la habitación preparada.

—Gracias, April.

Septiembre, 1960

Brooklyn, Nueva York

Hacía trece años que Paul había desaparecido. Si hubiera decidido volver, lo habría visto todo muy cambiado y, tal y como él sabía desde la época lejana en la que se encontraba, no lo hubiera podido aguantar. No hubiera podido ver cómo su madre perdía la batalla contra el cáncer en 1955 con sesenta y un años; ni cómo su padre, el aparentemente indestructible Michael Lee, moría semanas después de un ataque al corazón. La pena había consumido al matrimonio en vida. Morir fue una liberación para sus almas.

A la familia Miller, el destino tampoco les había sonreído al arruinarse en el año 1958. Rachel podría haberles ayudado económicamente, pero se negó a hacerlo. Jamás perdonó el distanciamiento provocado por parte de sus padres cuando Paul se fue. Empezaron a verla como la oveja negra de la familia; para ellos era importante mantener las apariencias, era una deshonra que el marido de su hija se hubiera fugado. «¿Qué clase de mujer eres si no satisfaces las necesidades de tu marido? Por eso se fue. Por eso te abandonó por otra.» Fue lo último que le dijo su padre.

Rachel supo que se habían trasladado a la casa del lago de Minnesota junto a su hermano, su cuñada y los tres sobrinos que no había llegado a conocer.

El primer viaje en el tiempo que hizo Rachel, fue poco después de que su hijo, venido del futuro, le dijese que no quería seguir con el plan que se habían propuesto. Se había enamorado perdidamente de la que, para él, era Amy y para Rachel seguiría siendo siempre Emily, la niña desaparecida que le arruinó la vida.

—No soy un asesino, mamá.

—Soy tu madre, Robert. Te di la vida y ¿no vas a ser capaz de acabar con ella? No te van a culpar, eres un viajero en el tiempo. Simplemente te esfumarás de la época en la que acabes con ella.

—No... no puedo.

—Ella nos arruinó la vida, Robert. No tuviste padre por su culpa —insistió Rachel.

—Y ahora lo empiezo a entender todo.

—¿Cómo dices?

—He dicho que no. Lo siento, mamá. Prometí no decirte nada del futuro, pero si entras en ese portal, morirás antes de tiempo —sentenció Robert.

A Rachel no le importaba. El odio es el sentimiento más peligroso del ser humano. Y hacía tiempo que se sentía muerta. Robert era, en 1960, un adolescente de quince años algo rebelde, cuyo único interés era encerrarse en su habitación durante horas para escribir y rondar a las jóvenes del instituto insistentemente.

—Mamá, tienes treinta y ocho años. En el año del que vengo, las mujeres tienen hijos a esa edad. Aún estás a tiempo de rehacer tu vida —le aconsejó Robert, casi suplicándole.

—No sabes de lo que estás hablando —repuso Rachel, maltratada por los años y, en apariencia, mucho más mayor de lo que realmente era.

—Haz lo que tengas que hacer. Para mí la historia ya está escrita y Amy logró sobrevivir a todos tus intentos para acabar con ella.

—Entonces, ¿qué hago?

—Un pequeño detalle puede cambiarlo todo. Este portal te llevará hasta dónde tú le digas.

Rachel recordó las tres ocasiones en las que, a pesar de no haber viajado todavía al futuro, su hijo le detalló para que pudiera hacerlo cuando llegara el momento. Sentía que había llegado el momento. Robert, decepcionado con la mujer que le había dado la vida, se adentró en el agujero rojo y desapareció pero, esta vez, el portal siguió abierto, iluminando la buhardilla y la mirada enfurecida de Rachel.

—Veamos...

Rachel fue hasta el escritorio del despacho y

abrió un cajón del que sacó el croquis que le había hecho su hijo, con las fechas en las que viajaría al futuro para acabar con la vida de Emily. De 1960 había saltado al año 1992 con el intento de atropello cuando Emily tenía once años. Seis años más tarde en el futuro, iría a 1998 para provocar el incendio del que Paul nuevamente la salvó. Y, en 1975, el año en el que sabía que moriría, viajó a 2010 para acabar con la vida de un Paul indefenso y lesionado por las quemaduras del incendio que ella misma había provocado en 1998.

—Un pequeño detalle puede cambiarlo todo... —se dijo a sí misma cavilando—. Podemos cambiar el orden de los viajes, ¡claro! Si acabo antes con Paul, no podrá salvar jamás a Emily y ella morirá... Eso es... Un pequeño detalle, una alteración en el orden de las cosas, puede cambiarlo todo.

Rachel se felicitó a sí misma por su genial idea. Volvió a subir a la buhardilla. Cerró los ojos, y se dejó llevar por el calor que desprendía la espiral, adentrándose a lo que ya creía conocer aunque nunca hubiera estado ahí.

Marzo, 2010

Brooklyn, Nueva York

Hacía dos meses que Amy había decidido que Robert viviera con ella. El día del traslado, Amy se extrañó al ver que Robert llevaba solo un par de cajas con ropa y libros, y su antigua máquina de escribir. Seguía resistiéndose a las nuevas tecnologías, aunque ya había sucumbido a las comodidades de tener un teléfono móvil con el que estar siempre disponible para cualquier llamada urgente.

—¿Nada más? —preguntó.

—Soy un viajero con poco equipaje.

Amy sentía cómo la mirada de Robert era cada vez más íntima, más profunda y amorosa. Se sentía querida y protegida. Sin embargo, pese a ser la primera vez que había dado un paso más en una relación, seguía sin ver claro el futuro junto a él. No lo veía como el hombre definitivo o el amor de su vida, dos cosas que habían provocado que sus relaciones pasadas fracasaran con rapidez. Y, sin embargo, le había ofrecido irse a vivir con ella, aun sabiendo que le quedaban muchas cosas por descubrir de ese hombre al que le envolvía, en ocasiones, un halo de misterio que más que inquietarla, le provocaba curiosidad.

April llevaba días rara. Amy estaba preocupada por ella, la visitaba con más frecuencia de lo normal intentando sonsacarle el motivo de su rareza. Pero por más que preguntara, April no soltaba prenda. Lo que había vivido recientemente y lo que su mente había alterado, sufriendo una especie de cortocircuito en su memoria, la habían trastocado profundamente.

Paul descansaba plácidamente en su habitación. Sabía que le quedaba poco, muy poco de vida. Pronto debería abandonar 2010 para no encontrarse consigo mismo, e irse a 1992 a salvar la vida de la pequeña Amy. April lo sabía. Habían hablado continuamente del tema. A lo largo de ese año, April y Paul se lo habían contado todo y se habían encariñado el uno del otro .

—Disfruta el tiempo que tengas con Amy, Paul... disfrútalo como si fuera eterno.

—En cierta manera lo será. Estaré con ella hasta el final.

—¿Cuándo vendrás?

—Cuando me vaya.

—Entonces, ¿no pueden existir dos Paul en la misma época?

—Sería peligroso. Imagina encontrarte con la April del pasado o la del futuro.

—Sería extraño.

April le confesó que ella también había viajado en el tiempo una única vez para despedirse de John.

—Seguro que John lo supo —le había dicho Paul sonriendo y reconfortando a April—. Y se llevó todo ese amor con él.

—A veces aún pienso que sigue aquí... Cuando traigo comida china, su preferida, grito su nombre para que venga a la cocina. O, cuando empieza el concurso de televisión que tanto le gustaba, miro la hora y le sigo avisando...

—Él sigue aquí. Que no veas algo, no significa que no exista, April.

—Lo sé.

En cada conversación ambos acababan llorando, emocionados por las palabras, por los recuerdos... por el olvido y el tiempo transcurrido, muy diferente para ambos. April tenía recuerdos de Paul que él aún no había vivido y viceversa.

Esa noche de febrero, en la casa colindante a la de April, aparentemente abandonada, apareció un agujero rojo con una espiral en su interior que desprendió un calor infernal en la buhardilla. Rachel apareció desde 1960 a 2010 con una pistola en su mano, el arma con la que pensaba acabar con la vida de Paul. No llegó con dolor de cabeza ni atolondrada como le había advertido su hijo, sino serena, confiada y llena de odio. Decidida y con el arma escondida, se dirigió hasta la casa que había pertenecido a los Stuart y, con decisión, tocó al timbre insistentemente.

April miró la hora. Las diez de la noche. Paul, alerta, se levantó de la cama para ver quién podía ser a esas horas. Pensó que podría tratarse de Amy, a la que solía observar desde lo alto de las escaleras sin hacer ruido, solo por el placer de escuchar su voz cuando iba a visitar a su madre.

April se dirigió tranquilamente hasta la puerta de la entrada y, sin preguntar, abrió. Rachel miró a April confundida. ¿Quién era esa mujer? Volvió a expresar el odio acumulado en su mirada, ese que creía que la hacía más fuerte y poderosa, y enseñó su pistola amenazante. Empujó a April hacia el interior de la casa empuñando el arma contra su espalda y cerrando la puerta con violencia.

—¿Dónde está Paul?

—¿Quién? No sé de qué me hablas... —disimuló April, intentando aparentar que no estaba asustada.

Paul, que había observado la escena desde lo alto de las escaleras, bajó pacíficamente. Aún no podía creer lo que estaba viendo. Rachel, su Rachel... jamás pensó que sería capaz de hacer algo así, pero en algún recóndito lugar de su mente podía llegar a entenderla.

—Rachel.

Rachel lo miró sin apartar el arma de la espalda de April. April negó con la cabeza para intentar que Paul retrocediera.

—¡Corre, Paul! ¡Sal de aquí! —le advirtió April desesperada. No le importaba irse y unirse al fin con John.

—No, April. No me voy a ir de aquí. Rachel, déjala.

Pero Rachel no le hizo caso. Le impactó mucho ver a Paul con el rostro desfigurado. Su piel había sido completamente arrasada por el fuego que ella misma en su futuro y en el pasado de esa época, había provocado. Lo sabía por el croquis que le dejó su hijo; ella no recordaba haber provocado ningún incendio todavía. Estaba ahí porque había decidido cambiar de plan sin pensar en las consecuencias.

No sintió remordimientos ni pena por él. El alma de Rachel estaba negra, parecía imposible que esa mujer, años atrás, fuera la joven hermosa, bondadosa y alegre de la que Paul se enamoró.

—Rachel, ¿qué te ha pasado? —preguntó Paul con pena.

—¿A mí? ¿Qué te ha pasado a ti, Paul? ¡Estás horrible! —rio Rachel, empujando a April hacia él.

Subieron hasta la planta de arriba. April lloraba en silencio, preocupada por su amigo Paul. Si él moría ahí, en ese momento, no podría salvar a su hija en 1992. Esa mujer cambiaría el transcurso de la historia y el destino ya escrito del pasado de todos ellos.

—Sube —la amenazaba, empuñando con más fuerza el arma—. Abre la puerta —le indicó, cuando estuvieron frente a la buhardilla. Paul se encontraba en un segundo plano, pero muy cerca de April.

Cuando entraron en la buhardilla, el agujero del portal empezó a hacerse más y más grande. Todos lo observaron estupefactos, en especial Rachel, recelosa por lo que estaba viendo. Hasta ese momento, solo conocía el portal del tiempo que se abría ante ella en su casa, no ese. Ese desprendía frío y era oscuro como la noche.

—No lo miréis —ordenó Rachel—. Ni se os ocurra mirarlo.

—Rachel, ¿qué vas a hacer?

—Lo que debería haber hecho desde el primer momento, Paul.

Apartó su arma de la espalda de April y, en un rápido y preciso movimiento, disparó al pecho de Paul. El grito de April y la fuerte caída al suelo de Paul a causa del impacto de la bala, les impidió escuchar que, tras ellos, había aparecido en escena otro viajero del tiempo.

—¡Suelta el arma o disparo! —gritó un joven John, vestido de policía con su siempre inseparable arma.

—¡John! —exclamó April llorando.

Rachel dejó el arma en el suelo obediente. Retrocedió dos pasos lentamente mirando al policía y después corrió como alma que lleva al Diablo hasta el agujero, echando un último vistazo al cuerpo moribundo de Paul. Lo había conseguido. ¿Quién salvaría ahora a la pequeña Emily en 1992? Sonrió y, de un salto, se esfumó en la oscuridad del portal del tiempo.

John dejó su arma y, junto a su mujer, corrieron hasta donde estaba Paul sangrando. La bala había atravesado su corazón; moriría en cuestión de segundos.

—April, lo siento... no voy a poder... no voy a poder...

—Descansa, Paul. Gracias por todo —lloró April,

acariciando su mano.

April cerró los ojos instintivamente.

Sus recuerdos estaban revolucionados. Por un lado, recordaba lo que pasó en 1992, cuando Paul salvó la vida de su hija. Sin embargo, esa mujer había cambiado algo. Amy estaba viva, como si nada se hubiera visto alterado, Pero ¿quién era el hombre que ahora veía y que salvó igualmente la vida de su hija de ser atropellada por aquel Nissan negro? Tenía un nuevo recuerdo que no recordaba haber vivido en realidad. Confundida, abrió los ojos y miró a John.

—John, ¿de dónde vienes?

—De 1992. Han pasado tres días desde que Amy estuvo a punto de ser atropellada.

—Se pondrá bien, no temas.

—¿En qué año estoy?

—En 2010 —respondió April emocionada, con un nudo en la garganta.

—Y por cómo me miras... ya no estoy aquí. —April empezó a llorar aún más—. Shhh... tranquila... siempre estaré contigo. Pase lo que pase. Siempre —continuó diciendo John serenamente.

—No sé cómo has aparecido aquí, en este momento...

—Un día te prometí que te protegería. Pasara lo que pasase siempre estaría a tu lado.

—Pero ¿has viajado antes en el tiempo?

—No, ha sido por probar... la primera vez y menuda aventura —respondió John divertido—. Pero de alguna manera, este portal nos hace llegar al momento correcto. Tenía mucha curiosidad y me alegra haber tomado la decisión de dejarme engullir por el boquete de la pared —siguió riendo, aunque con tristeza al ver a April desconsolada.

—Y a mí me alegra volver a verte... qué joven eres... —comentó, acariciando el cabello castaño de John y mirando como una quinceañera enamorada sus almendrados ojos marrones.

—Vuelve a tu cabello pelirrojo April. Y vuelve a enamorarte... eres joven.

—Ya no soy tan joven.

—Vive, April. Vive, por favor.

John le dio un largo y romántico beso.

—¿Esto cuenta como infidelidad?

—No, creo que no... —dijo April hipnotizada por el momento. Era pura magia.

La pareja volvió a mirar tristemente el cuerpo de Paul tendido en el suelo.

—Ha sido tan bueno... todo por Amy. Ha dado su vida por ella, siempre...

—El famoso Paul... Lo siento. Veo que ha sido una gran pérdida para ti. —April asintió—. Debería irme.

—¿Qué hago? Me harán preguntas, no sabré qué decir...

Miraron en dirección al portal. Ambos pensaron lo mismo, seguía abierto por algo. Enviarían a Paul hasta un destino desconocido y aparecería en algún momento del tiempo en esa misma buhardilla. Entre los dos, cogieron el cuerpo sin vida de Paul. April se despidió entre lágrimas de su amigo, y lo adentró a la oscuridad de lo que él tan bien había conocido en vida.

—Ojalá pudieras quedarte.

—La April de 1992 se enfadaría bastante.

—Sí, eso creo.

—Te quiero.

—Y yo. Siempre.

Al día siguiente, April fue a la peluquería. Volvió a recuperar el color pelirrojo de su corto cabello. Y, aunque la traumática experiencia que vivió y el repentino cambio en el pasado la trastocara, por dentro sonreía al haber tenido la oportunidad de haber vuelto a ver a John, el gran amor de su vida.

Septiembre, 1960

Brooklyn, Nueva York

Rachel se sorprendió al encontrar a Robert esperándola en la buhardilla tras su primer viaje en el tiempo. Aunque desapareció de 2010 desde el portal del tiempo de la que fue la casa de los Stuart, por alguna extraña razón, había vuelto a su buhardilla, la del agujero rojo infernal.

—Lo he matado. He acabado con él —informó, orgullosa de lo que había hecho—. ¿Por qué me miras así? ¡Se lo merecía! Recuerda el daño que te ha hecho su ausencia.

—Eres una asesina.

—Y Emily seguramente estará muerta en la época de la que vienes.

—Te equivocas, mamá. Está viva, como si nada hubiera cambiado.

—Pero no... no puede ser —replicó Rachel confundida—. Yo maté a Paul. Nadie va a sacrificar su vida por una niña.

Una vez más, Robert, en silencio, se adentró en el agujero rojo, dejando a su madre con la palabra en la boca y un sinfín de preguntas en su cabeza.

—Mamá, ¿qué haces? —preguntó un adolescente Robert desde la puerta.

—Algún día te lo explicaré —reaccionó Rachel cabizbaja—. Mientras tanto, cuéntame, ¿qué estás escribiendo, cariño?

Robert le contó una historia de ciencia ficción sobre viajes en el tiempo. El joven aún desconocía que ese tema sería el protagonista de su vida. Rachel sabía en qué momento de la historia debía hablarle de él, del portal en el tiempo que tenían en casa, él mismo se lo había explicado. A pesar de escuchar las palabras entusiastas de su hijo, seguramente un gran escritor en el futuro por su inteligencia e imaginación desbordante, Rachel no dejaba de darle vueltas a lo que había ocurrido. En la muerte de Paul y en qué era lo que había podido suceder para que Emily siguiera viva.

Con esa pregunta rondándole en la cabeza, pasaron seis años. Seis años grises y deprimentes en los que Rachel no pudo volver a viajar en el tiempo porque no volvió a ver el agujero rojo en la pared de la buhardilla. Tampoco le pertenecía el portal de la que fue la casa de los Stuart, lo había comprobado. Aunque pasó horas y días encerrada allí, nada hacía presagiar que el portal del tiempo se le aparecería de nuevo. Desesperada y sin perder la sed de venganza que la había acompañado durante todos estos años, Rachel insistía, visitando ambas buhardillas a diario. Algún día encontraría la manera de ir hasta el futuro y arruinar la vida de Emily.

Robert la había ido a ver en contadas ocasiones. Desde que le dijo que había asesinado a Paul en su viaje en el tiempo, cambiando así el plan inicial, su hijo no quiso saber nada de ella. Él no tenía previsto enamorarse. El amor lo estropea todo y si Emily hizo que perdiera al amor de su vida, también estaba provocando que su hijo dejara de quererla. El odio crecía... cada vez más y más.

Abril, 2010

Brooklyn, Nueva York

Fue una noche de abril cuando April volvió a ver a su amigo Paul. Estaba en la cocina preparando una pizza casera mientras, de reojo, miraba hacia los apartamentos de enfrente, para ver cómo su hija leía al lado de la ventana. De Robert no había ni rastro. Aunque a Amy se la veía bien con él, a April no le acababa de gustar. Lo intuía como un ser extraño y con un fondo oscuro que su hija no parecía ver o no quería ver. Ella sí. Simplemente, no confiaba en Robert. Deseaba con fuerzas el regreso de Paul, desde no sabía qué tiempo, para que Amy se deshiciese de ese novio tan rarito que se había echado. A la joven le quedaba un año para cumplir los treinta y April pensaba que, tal vez, el temor de verse sola en el futuro, la había llevado a tomar decisiones precipitadas.

En cuanto escuchó un golpe en la buhardilla, subió corriendo. Enérgica y expectante, abrió la puerta de madera y ahí estaba él. En perfecto estado. De piel blanca inmaculada, sin marcas ni quemaduras; sus llamativos ojos rasgados de un color azul similar al cielo y su cabello lacio de color castaño. Tan alto, joven y fuerte, tal y como lo recordaba de la primera vez que lo vio. April corrió hacia él y lo abrazó, sin pensar en lo sorprendente que era para el joven. Él aún no había vivido esos momentos confidentes que ella sí recordaba muy bien.

—Qué alegría verte, Paul.

—Lo mismo digo, señora Thompson.

—No, no... llámame April, por favor. ¿Qué edad tienes? ¿De dónde vienes?

—Tengo treinta y vengo de... de un futuro muy lejano, me temo —informó, sonriendo tristemente—. ¿En qué año estamos?

—En 2010. Entonces, ¿decidiste volver? Amy tiene veintinueve años y aunque sigue sin recordar nada, es el momento adecuado para enamorarla. Para estar juntos el tiempo que os pertenezca — puntualizó emocionada, pero con cierta tristeza al saber que ese tiempo no sería toda una vida ni tampoco muy normal.

—¿Tiene pareja?

—Sí —afirmó la abogada, poniendo los ojos en blanco—. Se llama Robert Miller, es un estirado.

—¿Has dicho Robert Miller? —Paul empalideció.

—¿Qué pasa? ¿Quién es?

—¿Podría verlo?

—Qué va… no tiene Facebook, ni twitter… por no tener, no tiene ni whatsapp. Lleva un móvil del año de los *Picapiedra*.

—¿Cómo?

—Vienes de una época lejana, deberías saber qué es todo eso.

—No tengo ni la más remota idea, April —rio Paul.

—¿Quieres cenar algo? Estoy preparando pizza.

—Será un placer, gracias.

Mientras comían pizza y disfrutaban de una agradable conversación que April había echado de menos, el nombre de Robert Miller había desaparecido de sus mentes.

—Doy por supuesto que me conoces más de lo que yo te conozco en estos momentos a ti, April —razonó Paul, degustando la exquisita pizza.

—Sí, exacto. Pero tal y como me advertiste, aún tardaré en explicarte cuál debe ser tu próximo viaje en el tiempo… aunque preferiría que no lo hicieras.

—Si forma parte de la historia, debo hacerlo. No podemos cambiar las cosas, eso traería muchos inconvenientes.

—Qué me vas a contar, Paul… qué me vas a contar… —resopló April, pensando en los viajes que aún le quedaban por hacer a Paul. En el año 2019 tendría que volver a 1998 para salvar a Amy del incendio. De ahí saltaría hasta su buhardilla en 2008 con graves quemaduras y heridas y moriría, por un disparo en el pecho, en el año en el que se encontraban, pero ¿quién había salvado la vida de su hija en 1992? Esa pregunta seguía ahí, mordiéndole el alma y llenándola de curiosidad. Seguía teniendo el recuerdo de Paul con medio rostro desfigurado diciéndole que protegiera a Emily y, por otro lado, en un mundo paralelo, veía a otro hombre muy diferente. Aquella mujer lo había cambiado todo, impidiéndole a Paul estar presente ese día.

—Por ahora, quiero quedarme aquí, ver a Amy y estar con ella.

—Es curioso que ya no la llames Emily. ¿Dónde has estado?

—Te lo he dicho. En un tiempo muy, muy lejano...

April no hizo más preguntas. Supuso que en ese tiempo lejano ella ya no estaría ahí. Se habría reunido con John en el mundo de las almas, donde también se fueron, hacía muchos años, todo aquel que conoció y quiso a Paul.

Al día siguiente, April llamó a Amy para invitarla a cenar. Tenía una sorpresa para ella.

—Vale, se lo diré a Robert —aceptó Amy, revisando unos informes en su despacho.

—No, solo te he invitado a ti. No quiero que venga Robert.

—Mamá... sé que no te gusta, pero es un buen hombre. Y a él le caes muy bien.

—He dicho que no quiero que venga. Esto es algo

entre tú y yo. ¿Es mucho pedir?

—De acuerdo, iré yo sola. Tengo que colgar, un beso.

—Te espero a las seis. ¡Puntual, por favor!

—Sí, mamá...

A las seis y diez minutos, Amy tocó el timbre de la casa de su madre. April la recibió sonriente y espléndida, nada que ver con la mujer rara y callada que había visto hacía tan solo un mes. Cuando Amy entró en el salón, vio a Paul, y ambos se miraron como si nunca hubieran salido de aquella buhardilla en la que compartían juegos infantiles. Como si no hubiera pasado el tiempo, como si volvieran a ser niños. Pero Amy no lo recordaba aún.

—Te presento a Paul, un amigo.

Amy miró de reojo a su madre y, tímidamente, se acercó al guapo desconocido.

—Hola, Amy. Un placer.

—Igualmente, Paul —sonrió, deslumbrada por la magia y transparencia de esa mirada azul—. ¿Nos conocemos? Es como si...

—¿Sí? ¿Te suena? —preguntó April inquieta.

—¿Sales por la tele o algo así?

—Me temo que no —rio Paul.

Amy, su Emily, era la mujer bella que había imaginado años atrás. Alegre y jovial, se sentía vivo de nuevo cuando ella lo miraba con sus ojos azules como el mar. Adoró ver en movimiento su melena ondulada rubia y escuchar de nuevo su voz, más jovial que en tiempos futuros. Era fuerte, segura de sí misma e independiente.

Paul no sabía ni por dónde empezar. April le había aconsejado que le recordara cosas, aunque Amy se extrañara al principio. Recordar detalles aparentemente insignificantes que podían serlo todo para que Amy volviera a saber quién era Paul... su Paul... por el que tanto preguntaba cuando era niña.

Amy no podía dejar de mirar al amigo de su madre. ¿Quién era realmente? ¿Había coincidido años atrás con él? ¿Por qué le resultaba tan familiar y cautivadora su mirada? ¿Qué estaba pasando, si eran dos desconocidos viéndose por «primera vez»?

Se sentaron a cenar. April fue quien llevó la voz cantante de la situación, esperando el momento adecuado para dejar sola a la pareja.

—Si fuera por Amy, comeríamos siempre pizza —comentó April divertida.

—¿Es tu plato preferido? —preguntó Paul, que recordaba a una pequeña Emily cuyos ojos se iluminaban cada vez que veía un buen pollo asado con patatas cocidas sobre la mesa; le disgustaba tener que comer col y odiaba las lentejas. Amy asintió—. Apuesto a que también te gusta el pollo asado con patatas cocidas y detestas la col y las lentejas.

April sonrió. Amy abrió los ojos sorprendida.

—¿Cómo lo sabes?

—Intuición —respondió Paul guiñando un ojo.

—Y dime, Paul, ¿de dónde eres? —quiso saber Amy.

—De aquí cerca.

—Es el propietario de la casa de al lado, Amy —aclaró April, ante la sorpresa de Paul.

—¿Sí? ¿Y cuándo vas a arreglar la fachada? Está causando daños importantes a esta casa por su abandono y deterioro —se quejó Amy secamente.

—Vaya, no tenía ni idea... —se disgustó Paul.

—Amy, por favor... eso ya se arreglará —intervino April, dando un sorbo a su copa de vino tinto.

—Ya se arreglará... y llevamos así años, mamá —le recriminó Amy, mirando de reojo a Paul.

Tenía un carácter fuerte, era directa y sincera, tal y como Paul la recordaba cuando era una niña. No le importaba enfrentarse al mundo si creía que llevaba la razón o con ello se hacía justicia. Era testadura y no le importaba mostrarse malhumorada o desagradable, defectos que la hacían ser ella misma.

—Lo arreglaré, Amy, no te preocupes por eso —la tranquilizó Paul. Amy lo miró como solo se mira a alguien por quien sientes una especial atracción. Ahí estaban. Ellos dos juntos, de nuevo. Seguía sin poder apartar la mirada de él, su rostro la hipnotizaba y, por otro lado, le inquietaba reconocer que su interés por Robert había desaparecido. Extraña y complicada situación dado al compromiso que parecía haber entre ellos.

—Gracias. Mamá, Robert está algo molesto por no haber sido invitado a la cena. Que lo sepas —puntualizó, sintiéndose mal consigo misma; infiel en pensamientos a un hombre que la quería.

—Me da lo mismo.

—¿Quién es Robert? —preguntó Paul disimulando.

—Mi pareja.

Paul asintió, sabiendo que Robert era alguien muy cercano a él. April ya lo había mencionado. Robert Miller. Lo que no entendía, era cómo podía haber llegado hasta ahí. Contó mentalmente los años que tendría en 2010: sesenta y cinco. No, no podía ser él... debía tratarse de una coincidencia. Estaba deseando tenerlo frente a frente para poder averiguarlo por sí mismo. La última vez que lo vio tenía tan solo un año de vida y no había pasado ni un solo día en el que no hubiera pensado en él. Robert, su pequeño Robert... fue el precio que tuvo que pagar para poder encontrar la felicidad que le había dado un tiempo lejano y que ahora estaba a unos pasos de volver a conocer tan dichoso sentimiento.

April se entretuvo más de la cuenta cuando se dirigió hasta la cocina a preparar té. Paul aprovechó el momento, quizá forzando demasiado la situación, pero necesitaba hacerla recordar y sabía cómo. Ella misma se lo reveló hacía tiempo.

—Sé que hubo un incendio en esta casa.

—Sí, en la buhardilla.

—¿Recuerdas algo?

—No y mejor así —respondió Amy radicalmente.

—Ya...

—No soy tonta, sé que mi mente sufrió una especie de cortocircuito y olvidé muchas cosas de mi pasado... de mi infancia. Pero decidí no pensar demasiado en el asunto y seguir con mi vida. Me licencié en medicina, soy independiente y vivo con un hombre genial. No puedo quejarme, me ha ido bien.

Paul sabía que tras esas palabras se escondía un anhelo. El anhelo de encontrar el momento idóneo para volver a ser la de antes. La de siempre. ¿Sería la misma mujer que era ahora si se hubiera quedado en su época?

—¿No te gustaría recordar? —insistió Paul.

—Quizá.

—Ven, quiero enseñarte algo —propuso Paul, sonriendo y cogiendo la mano de Amy que, atraída por él, se dejó llevar.

Subieron hasta la buhardilla. Lentamente, sin prisas... saboreando el momento. Paul fue quien abrió la puerta y, dos minutos después, apareció el portal envuelto en una espiral que enfrió la estancia, dejando a Amy con la boca abierta. Paul volvió a coger su mano, entrelazando sus dedos con los de la joven. Ella lo miró y a él le pareció ver en sus pupilas toda una vida. Sus vidas. Su nacimiento el nueve de noviembre de 1920 en esa misma casa; los interminables juegos en la buhardilla con Paul; señor Oso y señora Ricitos tomando el té de las cinco; los vestidos floreados y sus zapatitos; cómo Martha Stuart peinaba con delicadeza su melena rubia frente al espejo del tocador; su primer viaje en el tiempo hasta 1991 y la primera vez que vio a April y John; de nuevo ellos, sus padres, los no biológicos pero que tanto la quisieron; risas, juegos, lecturas hasta las tantas de la noche; el día en el que estuvo a punto de morir atropellada por aquel Nissan negro; su segundo y último viaje en el tiempo que trajo como consecuencia la muerte de los Stuart en 1945; su regreso; confusiones; Erick, el amor adolescente, rebelde e inocente; el incendio y el olvido; la muerte inesperada del policía que siempre la protegió; sus estudios de medicina; los compañeros; el trabajo en el hospital; «P» y sus cartas; Robert... Robert... Y Paul. Paul. Paul.

—Paul... —murmuró Amy llorando y abrazando a su amigo—. No sabes cuánto te he echado de menos...

—He vuelto para estar contigo —le susurró Paul al oído.

Ambos se miraron dulcemente. Había pasado tanto tiempo... demasiado. ¿Cómo recuperar el tiempo perdido? En esos momentos no importaba nada. Solo estaban ellos dos, juntos... destinados a vivir el momento que tenían en la época en la que estaban, sin esperar más imprevistos ni viajes en el tiempo que los volviera a separar. Al menos no aún.

Junio, 1966

Brooklyn, Nueva York

Al agujero rojo de la buhardilla donde vivía Rachel Miller, se le antojó aparecer un soleado sábado día once de junio a las doce del mediodía. Rachel aplaudió al verlo; se colocó bien la capucha del abrigo negro y guardó un candelabro de metal en el bolsillo.

Apareció sin saberlo en 1998, pero conociendo muy bien su destino y lo que debía hacer. Rachel no era una experta viajera en el tiempo como su hijo o Paul; era distraída y sus ganas por acabar con la vida de Emily la ofuscaban pensando, equivocadamente, que en ese momento Paul estaría muerto y no podría salvar a la joven, puesto que ella misma había acabado con su vida de un disparo en el pecho. Nadie podría salvar a una joven Emily del incendio que ella misma provocaría esa noche.

Era navidad, ese día había poca gente en la Avenida Clermont, muy diferente a cómo ella la conocía. Los campos que veía enfrente de casa fueron sustituidos por edificios de apartamentos y las baldosas del suelo habían sido modernizadas.

Salió de la casa, viéndola de nuevo abandonada y llena de polvo como la vio en su primer viaje. Cruzó la calle y esperó en la acera de enfrente durante unos minutos. En la sombra, como un fantasma y sin que nadie reparara en su presencia. A lo lejos, vio cómo una joven Emily iba cogida de la mano de un chico que la acompañó hasta la puerta de casa. Se detuvieron a mirar las paredes agrietadas de su casa, comentaron algo que Rachel no pudo escuchar desde la lejanía, se dieron un beso y él se fue. Emily volvió a mirar atentamente la pared y entró en casa sin darse cuenta que había dejado la puerta entreabierta.

Rachel observó, a través de las ventanas, los movimientos de la joven. Cinco minutos más tarde, entró silenciosamente. No había nadie más en casa. Subió las escaleras que conocía tan bien hasta llegar a la buhardilla. Giró el pomo con lentitud y vio que Emily estaba de espaldas a la puerta con un artilugio en sus oídos que le impidieron escuchar la llegada de la intrusa. Rachel cogió el candelabro de metal escondido en su bolsillo y le propinó un golpe en la cabeza de la joven con todas sus fuerzas. Emily cayó al suelo quedando inconsciente. En ese momento, Rachel cogió el mechero que había en una mesa de madera y prendió fuego a las cortinas que harían que se propagara por toda la estancia, dirigiéndose rápidamente hasta el exterior. Salió de la casa y volvió a entrar en la que había sido, en otros tiempos lejanos a los que se encontraba, la suya, viendo aparecer de inmediato el agujero rojo que la llevaría de nuevo a 1966. Había cumplido su misión. Estaba convencida de haber acabado con la vida de Emily al fin.

Al llegar a la buhardilla se quitó el abrigo y bajó hasta el salón, donde no esperaba encontrar a nadie. Pero allí, sentado en el sillón de piel marrón que había sido el favorito de Michael Lee en otros tiempos, vio a un hombre de mediana edad que la estaba esperando con media sonrisa dibujada en su rostro.

Abril, 2010

Brooklyn, Nueva York

Amy y Paul hablaron durante toda la noche sin darse cuenta que el reloj ya había marcado las cuatro de la madrugada. Recordaron y rieron de los juegos que inventaban en la buhardilla, imaginaron cómo hubieran sido sus vidas si la pequeña Emily no hubiese sentido curiosidad por aquel portal del tiempo que se le apareció en forma de agujero negro y, sobre todo, se dijeron todo lo que no les había dado tiempo a decirse. El amor infantil que sentían el uno por el otro era ya un amor adulto. Un amor de verdad.

Atraídos el uno por el otro tal y como habían marcado las dos horas de diferencia con las que vinieron al mundo, como si fuera el presagio de que entre ellos dos jamás habría tiempo ni distancia o espacio que los pudiera separar, sus rostros se fueron acercando más y más hasta estar a solo un milímetro de distancia. Se besaron. Olvidaron el tiempo abismal que los había separado durante tanto tiempo, felices por haberse encontrado al fin. Amy aún no era consciente de todo lo que había hecho Paul por ella, creyendo que podía unir su vida junto a él por el resto de sus días sin intuir que su historia, aunque bonita, no iba a ser común como las demás. La realidad era otra muy diferente con la que, tarde o temprano, tendría que darse de bruces. El destino ya estaba escrito y los años que les quedaban serían efímeros en la débil línea que separa los mundos paralelos en los que se habían encontrado.

El teléfono móvil de Amy no había dejado de sonar desde hacía horas. Robert la llamaba desde el apartamento, sin saber que ella lo había descartado automáticamente de su vida.

Cuando sus labios se separaron, Amy acarició el rostro de Paul sonriendo.

—Cómo has crecido... tienes los mismos ojos de tu madre —le sonrió dulcemente. Paul se quedó pensativo recordando a Evelyn, la mujer que le había dado la vida, muy lejos ya de él y del tiempo—. Tendré que responder algún día a las llamadas de Robert... —musitó preocupada.

—¿Quieres que te acompañe a casa?

—Sí, ven conmigo.

Amy se armó de valor y abrió con decisión la puerta de su apartamento. Robert estaba esperándola sentado en el sofá; ojeroso y preocupado. La expresión de su rostro era triste. Las últimas horas, a diferencia de las de Amy, habían sido un infierno.

Miró a Amy sin esperar encontrarse de frente con el padre que lo abandonó. No había cambiado ni un ápice en comparación con las fotografías antiguas que había visto de él. Estaba tal y como lo recordaba.

—Hola, Robert —saludó Amy—. Siento las horas que son, pero...

—No hace falta que digas nada —le cortó Robert, mirando a Paul. Este supo, nada más verlo, que se trataba de su hijo. Se fijó en los hoyuelos, idénticos a los de Rachel. En sus ojos verdes y en la forma rasgada que tenían, similar a la suya. Debía tener poco más de treinta años, por lo que Paul supo enseguida que su hijo, al igual que él, también era un viajero del tiempo. Y también se había enamorado de Amy, de su Emily... por cómo la miraba. Por lo deprimido que se le veía al verla acompañada de otro hombre.

—Bienvenido, Paul —dijo entonces Robert, sorprendiendo a Amy.

—Os... ¿os conocéis?

—Es mi padre —reveló Robert.

Amy miró a Paul y seguidamente a Robert desconcertada, quedando en un segundo plano. No había encontrado parecido alguno entre los dos hombres hasta ese momento. Misma nariz recta y bien proporcionada e idéntica mandíbula fuerte y masculina. Por lo demás, Robert era algo más alto y fuerte que Paul.

—Lo siento, Robert... —se lamentó Paul—. Siento

todo este tiempo perdido. Siempre he pensado que dejarte fue el precio que tuve que pagar para...

—No pasa nada, Paul. Lo entiendo, de verdad. Ahora lo entiendo —le interrumpió Robert mirando a Amy que, para ese entonces, ya repudiaba a su madre al haberla visto convertida en una asesina llena de odio y maldad—. Te he perdonado. Mis intenciones al venir aquí eran muy diferentes, pero la vida te puede llegar a sorprender. Nunca imaginé que Amy... tu Emily, fuera una mujer tan increíble. Nunca llegué a pensar que me enamoraría de la mujer de la que quería vengarme por destrozar la vida de mi madre.

Robert dejó su teléfono móvil en la mesa y las llaves del apartamento.

—Allá donde voy no lo voy a necesitar... me mirarían raro si llevara este aparatito —rio, señalando el teléfono. Se acercó a Paul—. Puedo... — Paul asintió.

Padre e hijo se abrazaron y Robert sintió la paz que había necesitado siempre al dejarse manipular por la ira de su madre.

Robert miró a Amy por última vez con todo el amor que sentía por ella. Deseándole, con esa intensa y dolorida mirada de despedida, lo mejor en la vida.

Junio, 1966

Brooklyn, Nueva York

—¿**T**e sientes orgullosa de lo que has hecho? —preguntó la voz masculina del hombre que estaba sentado en el sillón preferido del señor Lee.

—¡Robert! Hijo, pero ¿de dónde vienes? —preguntó desconcertada Rachel. El color negro del cabello de Robert había desaparecido para dar paso a las abundantes canas que lo cubrían y le daban un aire más sofisticado. Su rostro se había arrugado con el paso de los años y la frondosa barba hacía que apenas se le reconociera como el Robert treintañero que venía a visitarla.

—Tengo cuarenta y siete años, vivo en 1992. Imagino que vienes del incendio que has provocado.

—Imaginas bien.

—Y de nuevo te has vuelto a equivocar —rio Robert—. No lo vas a conseguir, mamá.

—¿Pero qué dices?

—Que has desperdiciado tu vida, eso es lo que te

estoy diciendo. El odio te ha llevado hasta lo que eres ahora, una mujer sin sentimientos, sin vida propia. Sin nada bonito que llevarse con ella.

—Qué sabrás tú.

—Sé muy bien de lo que hablo. Llegará el día en el que te arrepientas de haber malgastado tu tiempo. Por muchos viajes en el tiempo que hagas, mamá, tu vida no durará eternamente. Has cambiado el orden, no las desgracias y recuerda algo: eso te ha dado tiempo a ti. Un tiempo que querrás que corra rápido, porque te sentirás miserable.

—¿A qué te refieres?

—Tiempo, mamá... tiempo. Adiós.

Robert recorrió la estancia del salón con nostalgia, como si hiciera muchos años que no visitaba esa casa. Subió las escaleras mirando por última vez a su madre y desapareció tras la puerta de la buhardilla. Rachel se quedó quieta, perpleja y sin entender qué significado tenían las palabras de su hijo. Tan mayor... tan abatido y aparentemente miserable; tal vez maltratado por el tiempo y la vida.

Rachel quiso viajar en el tiempo y verse a sí misma en el futuro. Según el croquis, aún le faltaba un viaje por hacer a 1992. Intentar atropellar con un automóvil a una Emily de once años distraída y alocada. Y, una vez más, imaginó que Paul no podría ir hasta allí para salvarla. No, esa vez no... lo había asesinado antes de que pudiera viajar hasta ese año, siguió pensando. Meditando bien la jugada para la que aún le quedaban años de paciencia y espera.

Julio, 2011

Brooklyn, Nueva York

La relación entre Amy y Paul iba viento en popa. Estaban predestinados a enamorarse desde el día en el que nacieron y, por fin, había llegado el momento para estar juntos aunque nunca imaginaron que vivirían esa plenitud tan tarde, nada más y nada menos que en el siglo XXI. Amy ya conocía toda la historia de Paul, tanto la que ya había vivido como la que aún no, y decidieron vivir al máximo los ocho años que aún les quedaba juntos. No querían pensar en un final, simplemente disfrutaban de su mutua compañía y de cada momento como si fuera el último. Eso les recomendó April, conocedora de cada uno de los detalles que marcarían un antes y un después en el rumbo de sus vidas, incluido el terrible final que le esperaba a Paul para el que se sentía sobradamente preparado.

—Habrá merecido la pena... solo por estos años contigo, Amy —le confesó una noche, en el salón de la que fue siempre su casa. La casa de los Lee volvía a resplandecer, abandonada desde hacía años, volvía a brillar con el esplendor de otra época.

—Pero morirás y arriesgarás la vida por mí en ese maldito incendio. ¿Podemos cambiarlo? ¿Existe la manera?

—No lo sé y si la hay, no sabría por dónde empezar para cambiarlo todo.

—Tal vez, si vuelves al pasado y logras que Rachel te perdone —pensó Amy.

—No creo que lo haga. Por lo que cuenta April, estaba enfurecida. Lo mejor será que aprovechemos el tiempo que tenemos, Amy. Créeme cuando te digo que estaré contigo hasta el final.

—¿Seguro? —Paul asintió sabedor de lo que decía.

Amy recordó las horas que estuvo con «P» en el hospital y las cartas dirigidas a Emily que le leía, sin saber, en aquel momento, que iban dirigidas a ella. Sin saber que su amigo «P», el hombre sin identificar, era su Paul. Sufría al saber los malos momentos que le tocaría vivir pero, al menos, se consolaba sabiendo que, a pesar de no conocerlo, no lo dejó solo. Ella estuvo con él, pero el Paul que tenía delante aún no lo había vivido. Extraña situación... cómo se le antoja al tiempo y al espacio revelarse contra sus protagonistas, haciéndolos partícipes de tragedias solo merecedoras de vivirlas por amor. April ya le advirtió, cuando era adolescente, con aquellas sabias palabras que entonces no supo valorar:

«Algún día llegará la persona indicada que hará que te dé un vuelco el corazón y no puedas pensar con claridad. Esa persona lo sacrificará todo por ti y tú harás lo posible para que sea feliz. Una vida sin amor no es una vida completa, así como en las novelas más apasionantes de la historia, siempre ha habido una inolvidable historia romántica.»

Ahora entendía esas palabras. Ahora lo entendía todo. Recuperar la memoria y poder estar con su eterno amigo de la infancia, era todo cuanto quería en esta vida. Lo demás, incluso el paso del tiempo, era secundario.

9 de noviembre, 2019

Brooklyn, Nueva York

Amy volvía a celebrar cada nueve de noviembre su cumpleaños junto a Paul. Ambos entrelazaban sus manos para soplar juntos las velas desde que tuvieron la fortuna de volverse a encontrar. Habían formado una preciosa familia y fueron felices, muy felices durante todos esos años.

El catorce de enero del año 2015, tuvieron dos hijas gemelas a las que llamaron Martha y Eve en honor a las madres que un día tuvieron y que los amaron como lo más preciado de este mundo, perdiéndolos sin llegar a entender cómo y muriendo sin volver a verlos.

Sin embargo, ese cumpleaños era agridulce, el más triste, porque ambos sabían que sería el último que celebrarían. Paul estaba a punto de emprender un viaje al pasado en el que arriesgaría su vida para salvar a Amy del incendio de 1998. Y no había la posibilidad de cambiarlo, ya estaba escrito, ya estaba hecho. No había vuelta atrás, sabían lo peligroso que era tratar de cambiarlo todo, aunque la posibilidad nublara sus mentes de vez en cuando.

Martha y Eve, que en enero cumplirían cinco años, aplaudieron emocionadas junto a su abuela April, que sonrió tristemente cuando Amy y Paul, siempre unidos, se besaron después de soplar las velas. Las niñas, de rizos dorados y ojos azules como el mar, llevaban una vida normal, ajenas a los viajes en el tiempo y a todos los secretos que compartían sus padres con la abuela. No sabían que su padre desaparecería forzosamente de sus vidas, aunque eso fuera lo último que querría.

Por la noche, fue Paul quien les contó un cuento, sin que las niñas supieran que ese sería el último que su padre, al que adoraban, les leería.

—Buenas noches, le dijo la luna… Buenas noches, le dijo el sol. Algún día volveremos a vernos en las estrellas. —Paul sonrió, cerró el libro y miró a sus hijas. Se habían quedado dormidas antes de escuchar el final del cuento. Eran dos ángeles. Les dio un beso en la frente, acarició por última vez sus rizos dorados y, con los ojos anegados en lágrimas, cerró la puerta de la habitación, la que un día fue también la de su hijo Robert.

Amy lo esperaba en lo alto de las escaleras apoyada en la barandilla.

—April quiere despedirse.

Paul fue hasta el salón donde lo esperaba April.

La mujer, emocionada, abrazó al que había sido su yerno favorito tal y como le gustaba llamarle.

—April, nos volveremos a ver...

—No... yo ya no te veré nunca más... Saluda a la April del pasado. Nunca te agradeceré lo suficiente todo lo que has hecho por Amy. Nunca...

—April, todo es como debe ser. Yo elegí esto y han sido los mejores años que podría haber tenido. Cualquier persona daría lo que fuera por vivir un solo año así. Ha merecido la pena.

—Dame un abrazo.

—Cuídate, April... y cuida de Amy y de las niñas.

—Siempre, no lo dudes. Te lo prometo.

Amy apareció sin la sonrisa que la había caracterizado durante todo este tiempo.

—Mamá, ¿te quedas con las niñas? Vamos a tu casa a la...

—A la buhardilla, claro... lo sé —respondió April, dándole las llaves de su casa.

Amy y Paul caminaron despacio hasta la casa colindante a la suya. Abrieron la puerta, subieron las escaleras y entraron en la buhardilla donde el el portal, ya preparado para emprender el viaje, les dio la bienvenida.

—Te está esperando... —murmuró Amy llorando.

—No llores, por favor —le rogó Paul, mirándola con ternura.

—No te vayas, Paul...

—Si no me fuera, tú no existirías. Habrías muerto en ese incendio. Tampoco existirían nuestras hijas y son lo más bonito que hemos hecho. Debo salvarte en ese incendio para que las cosas sigan como están, para que tú sigas aquí y tengas una vida larga y feliz junto a Martha y Eve.

—¿Feliz? Eso ya es imposible.

—Pero hemos sido muy felices, ¿verdad? Quédate con eso, con el recuerdo de lo vivido durante todos estos años. Solo así puedo irme tranquilo.

—Sí. Tengo a mis pequeñas.

—Exacto. Lo mejor que hemos hecho —repitió Paul—. Ellas son nosotros dos, Amy. Nosotros dos. Míralas y me verás aunque ya sabes que me volverás a encontrar. Te lo prometo.

—Pero quedan muchos años para eso... y yo seré una vieja decrépita.

—Seguirás siendo tan hermosa como siempre.

Se fundieron en un largo beso. Cuánto costaba despedirse. Si se pudieran detener las agujas del reloj, se hubiesen quedado para siempre en ese momento.

—Te voy a echar de menos, amiguito... —se despidió Amy.

—Y yo a ti, Emily.

Mirando amargamente a Amy, Paul se adentró en el oscuro portal que desapareció en cuanto se lo llevó. Amy se quedó desolada, con un insoportable escalofrío recorriendo su cuerpo y una punzada clavada para siempre en su corazón. Se quedó paralizada, mirando con rabia la pared desnuda que le había regalado, para después arrebatárselo, lo más valioso de su vida. Con Paul se fue su corazón y de no ser por las niñas, sus ganas de vivir.

Paul había intentado cambiar el mundo a lo largo de esos años. Había conocido el futuro y sabía que una nube tóxica arrasaría el planeta. El planeta tenía cáncer y, a través de los libros que escribió y populares conferencias a las que asistían personas desde la otra punta del mundo, la gente supo que no podrían salir de sus casas sin máscaras, gracias a las importantes palabras de Paul y toda la información privilegiada que tenía. La mortalidad era elevada; un 80% de la población no llegaría a los sesenta años. Todo el mundo se concienció en cuidar, aunque fuera con el más mínimo detalle, el planeta que les acogía.

Al largarse de ese tiempo, Paul esperó dejar un mundo mejor. Quizá, con esa acción, habría podido cambiar el destino aterrador que le esperaba a la tierra. Quizá, solo quizá, la nube tóxica que vio desde la ventana del techo de la buhardilla del año 2066 en el que aterrizó, dejara de existir y entonces, todo su esfuerzo habría merecido la pena.

Noviembre, 1975

Brooklyn, Nueva York

Rachel había cumplido cincuenta y tres años en la más absoluta soledad. Su hijo Robert, de treinta años, había decidido ser un viajero en el tiempo. En esos momentos aún la quería, pero sabía que en un futuro su aislamiento sería real y su hijo la despreciaría por todos los actos que, para ella, ya habían existido. Le faltaba, según el croquis que conservaba amarillento en el cajón del escritorio del estudio, el atropello a Emily en 1992. Recordaba las palabras de su hijo diciéndole que su tiempo sería más largo por la modificación de los acontecimientos que ella misma había provocado, por lo que preveía que ese ya no sería el año de su muerte. Agradecía a la Parca la espera para venir a buscarla pero, por otro lado, no le temía. Sabía que se desprendería de todo el dolor; su alma negra podría descansar en paz. No creía en el cielo ni en el infierno, solo en el cansancio que su cuerpo físico sentía cada vez que recordaba lo que había sido su triste existencia. Las experiencias y el fracaso que la habían llevado hasta ahí. La felicidad que un día conoció y que, por arte de magia y sin esperarlo, se esfumó con la ausencia del hombre al que amó en una época que ya le parecía muy, muy lejana.

Cuando subió a la buhardilla esa fría tarde de noviembre, no esperaba encontrar el agujero rojo que se había dignado a aparecer por fin. Arregló su cabello canoso que ya había perdido el esplendor del color rojizo de su juventud, cerró los ojos y se adentró por tercera vez en él.

Tal y como esperaba, apareció en la buhardilla de 1992. Apenas había cambiado a cómo la dejó. Seguía polvorienta y abandonada; hacía años que nadie vivía allí. Solo se trataba del portal del tiempo que tanto ella como Robert utilizaban.

La hora era la correcta. Las nueve menos cuarto de la mañana. Le dio tiempo a buscar el Nissan negro y encontrarlo, con las llaves puestas por su olvidadizo propietario, tal y como Robert le había informado. Tras un estudio de cinco minutos sobre cómo conducir ese «cacharro» tan nuevo y sofisticado para ella, se dirigió rápidamente a la Avenida Flushing mucho más concurrida que en su época. Inmediatamente pudo localizar a la pequeña Emily al lado de su madre. Aprovechó el descuido de esta y, al ver que la niña iba a cruzar la calle cuando no era el momento, Rachel aceleró llevándose por delante a la persona a la que más había querido en el mundo. Se detuvo unos segundos, miró por el retrovisor y, entre lágrimas, supo que debía seguir sin mirar atrás. Se había llevado por delante a Robert y ella había sido la culpable de ese cambio en el destino, en el que su hijo decidió dar su vida por la mujer a la que él también había amado.

Al igual que con Paul, April corrió hacia Robert sin aún conocerlo. Robert no había viajado en el tiempo en esa ocasión. Estaba en la época que le pertenecía y falleció a los pocos segundos de ser atropellado por su propia madre, a la edad de cuarenta y siete años. Una joven April lloró al lado de ese hombre de cabello blanco, frondosa barba que lo hacía irreconocible para tiempos futuros y unos bonitos ojos rasgados de color verde que se cerraron para siempre. La pequeña Amy aterrizó en la acera, sin más daño que un par de rasguños en las rodillas y en su brazo derecho, conmocionada por lo sucedido.

Rachel atravesó a gran velocidad la Avenida Flushing. Lloró durante todo el trayecto en el que condujo el Nissan negro hasta un descampado y le prendió fuego. Las llamas iluminaron sus ojos verdes; la mirada perdida en la nada. Regresó a casa de los Lee derrotada y sumida en una profunda depresión, por haber pagado un alto precio debido a su odio y sed de venganza. Volvió a 1975, donde viviría durante muchos años más, con la culpa de haber acabado con la vida de la persona sin la que no podía vivir.

En 1976 abandonó la que había sido la esplendorosa casa de los Lee. Se mudó a un modesto apartamento en el centro de Nueva York en el que envejeció sola y desquiciada, deseando que la Parca viniera a visitarla pronto.

Abril, 1992

Brooklyn, Nueva York

Pero la Parca seguía tardando en visitar a la solitaria y triste Rachel Miller. Como si su castigo fuera seguir viviendo entre las sombras, con la tristeza de la soledad. Ya se lo había advertido una vez, hacía muchos años, su hijo Robert, al que ya no había vuelto a ver más.

Era el día. El día en el que una Rachel de cincuenta y tres años aparecería desde 1975 y atropellaría a su propio hijo.

Rachel, de setenta años, se vistió especialmente para la ocasión. A las ocho y media esperó en la Avenida Flushing a que media hora más tarde se dieran los terribles acontecimientos. Fue impactante verse a sí misma más joven, al volante del Nissan negro que corría a gran velocidad, con la intención de atropellar a una niña de once años llamada Emily, cuando intentó atravesar la calle antes de tiempo. Entre el coche y la niña se interpuso un deteriorado Robert, de cuarenta y siete años, que la empujó para dar su vida por ella. El impacto fue fatal. El Nissan negro se detuvo unos segundos; Rachel lloró tal y como lo hacía su doble desde el interior del coche, al ver que era su hijo quien moría en el acto, en los brazos de la mujer a la que vio el día en el que asesinó de un disparo a Paul.

El sentimiento de odio que aún anidaba en su interior, pensó en la posibilidad de acercarse a la desvalida niña y asesinarla. En mitad de la calle, a la vista de todos los allí presentes que, revolucionados, pedían ayuda. Pero al avistar lo asustada que estaba la pequeña, sintió, por primera vez en mucho tiempo, compasión y unas tremendas ganas de volver atrás en el tiempo y no haber acumulado toda esa maldad. Lo había pagado muy caro.

Horas más tarde, Rachel fue hasta el tanatorio donde sabía que se habían llevado el cuerpo sin vida de Robert, identificado gracias a la documentación guardada en el bolsillo de su pantalón.

—Buenas tardes, mi nombre es Rachel Miller. Me han informado que el cuerpo de Robert Miller está aquí.

—Sí, dígame qué relación tienen —quiso saber la joven que había tras el mostrador.

—Soy su madre.

—Le acompaño en el sentimiento, señora Miller. Espere en la sala, por favor. Ahora mismo la llaman.

El entierro de Robert se celebró dos días después tras las investigaciones pertinentes. El Nissan negro no se encontró, y el propietario que se dejó las llaves puestas en él, jamás denunció su desaparición.

Al funeral de Robert solo acudió su anciana madre. Qué poco tiempo se llevaron. Ella moriría una semana más tarde de un derrame cerebral. La Parca, por fin, se había compadecido de ella y la fue a buscar a su modesto apartamento neoyorquino en el que vivió, oculta entre las sombras, los últimos años de su terrible vida.

Marzo, 1986

Brooklyn, Nueva York

Henry Lewis, un joven de veinticuatro años, alto
y delgaducho que vestía un traje tres tallas más
grande de lo que correspondía, llevaba preparándose
para ese momento cinco meses. Sería la primera vez
que enseñaría una casa y esa era perfecta. Fácil de
vender por su ubicación y valiosa arquitectura. Era
un caso curioso y extraño. La indicación que el
propietario le ordenó a su abogado, datadas del día
uno de enero de 1947, era concisa y su petición debía
cumplirse lícitamente: esa propiedad únicamente
podría ser vendida a una tal April Thompson y
esposo. Y esa tal señora Thompson, había llamado
esa misma mañana para ir a ver la casa dos días más
tarde. Hacía tiempo que la propiedad estaba
abandonada al igual que la casa colindante. Ambas
idénticas y pertenecientes a Paul Lee, desaparecido

desde hacía años, y cuyos asuntos los llevaba cuidadosamente el hijo de su abogado de confianza.

Henry comprobó que todas las estancias de la casa estuvieran en perfecto estado. Se deshizo de los cuadros, incluido el retrato de una niña pequeña de rizos dorados y ojos azules que presidía la entrada de la casa. Irían a subasta. Parte del mobiliario también fue vendido; las antigüedades se habían vuelto a poner de moda. A la gente le gustaba tener en sus hogares un mueble con historia o un cuadro observado por distintas miradas a través de los años.

Al subir a la buhardilla, el bueno de Henry chilló aterrado al encontrar el cadáver de un hombre herido por un disparo y cuya piel estaba totalmente desfigurada a causa de algún fuego sufrido tiempo atrás. Con las manos temblorosas, volvió a abrir el pomo de la puerta de la buhardilla, corriendo como una bala hasta llegar a la inmobiliaria, donde le explicó a su jefe la horripilante escena con la que se había encontrado en la que casa que iban a enseñar.

—Muchacho, no puede ser. Hace dos días estuve allí y no había ningún cadáver —rio incrédulo el señor Clark.

Pero el señor Clark también vio con sus propios ojos el desfigurado cadáver. Fue la primera vez que al hombre, del susto que se llevó, se le cayó el puro que sostenía entre sus gruesos dedos. Llamaron a la policía que, al no encontrar identificación alguna sobre ese hombre ni pistas en la buhardilla sobre el crimen cometido, decidieron llevarlo a los servicios fúnebres. Nadie reclamó el cadáver y Paul Lee acabó en una fosa común en el año 1986, un año que no conoció en vida. No importaba. El cuerpo es solo un envoltorio. Su alma se encontraba bien, a salvo. Y lo que es más importante: con la misión por la que había visitado un ratito el mundo, cumplida.

Tal y como habían quedado, dos días después aparecieron unos jóvenes April y John Thompson. No parecían muy entusiasmados. Querían abandonar el pequeño apartamento de Nueva Jersey y ya habían visto quince casas decepcionantes en Clinton Hill. Era agotador. ¿Por qué con esa iba a ser diferente? Por supuesto, el joven Henry no les mencionó nada sobre el cadáver que había encontrado en la buhardilla. El tema estaba zanjado y quedaría como una trágica anécdota.

Esa casa tenía algo diferente. Nada más entrar, April y John se dieron cuenta de que era la casa de sus sueños. Su hogar. El lugar perfecto en el que empezar de cero. A April se le iluminaron los ojos imaginando cómo quedaría la cocina si pusieran el mobiliario que había visto en una revista de decoración.

Convencidos por las amplias posibilidades de remodelarla a su gusto; las grandes estancias, su luminosidad, alegría y ese *algo* especial hizo que, desde el primer momento, desearan con todas sus fuerzas vivir ahí. Dieron de inmediato el sí a una nueva vida en una casa cuyas paredes estaban repletas de historia, alegrías y tristezas pasadas que, con los años, volverían a repetirse.

9 de noviembre, 2066

Ese futuro muy, muy lejano...

Brooklyn, Nueva York

Cuando un joven Paul de veintiséis años, inexperto todavía en viajes en el tiempo, aterrizó al nueve de noviembre de 2066, observó un cielo azul despejado a través de la ventana del techo de la buhardilla que tan bien conocía y que tan cambiada y modernizada veía en ese tiempo. Su propio *yo* del futuro, había evitado en un pasado que ese Paul aún no había vivido, a que el mundo, en un universo paralelo, enfermara. Estaba sano, más libre de contaminación que nunca y con una esperanza de vida de ciento cinco años.

—¿Paul? Paul, ¿eres tú?

La voz que escuchó tras la puerta de la buhardilla parecía la de una anciana que, al abrir la puerta, lo miró emocionada con lágrimas en los ojos. Lo había estado esperando toda una vida. Para él, todo había acabado de empezar. La anciana, de ochenta y cinco años, se acercó lo más rápido que sus desgastadas piernas le permitieron y abrazó a Paul. Él le devolvió feliz el abrazo, sabiendo que se trataba de su gran amor. De Emily, su Emily.

—Debes verme tan vieja y tan fea... —se lamentó la mujer.

—En absoluto —la contradijo Paul. Amy seguía llevando su espléndida melena ondulada que, en vez de ser dorada, era plateada. Sus ojos eran más pequeños a cómo los recordaba, pero seguían siendo de ese color azul intenso llenos de luz y magia. Podía ver toda una vida vivida en ellos—. ¿Cómo debo llamarte?

—Llámame Amy... te acostumbrarás. Ven, quiero hablar largo y tendido contigo... Dios mío, eres tan joven... —rio nerviosa, acariciando el rostro de Paul cariñosamente—. Y por cierto, hoy es nueve de noviembre, nuestro cumpleaños. Te estaba esperando. ¿Me ayudas a soplar mis ochenta y cinco velas? Creo que sola no podré... —bromeó la anciana.

Paul y Amy soplaron las ochenta y cinco velas del pastel con las manos entrelazadas. Después, se sentaron en el sofá del salón a mantener una larga e interesante conversación de lo que ni siquiera el tiempo puede olvidar. El reloj marcó las tantas de la madrugada. Amy decidió no contarle nada de

April, que vivió una larga vida llegando a los noventa años y falleciendo de muerte natural veinte años atrás, en el año 2046. Murió con una sonrisa pacífica en su arrugadito rostro sabiendo que, al fin, se reuniría con John, del que se había acordado cada día de su larga vida. April vio crecer a Martha y a Eve, que habían cumplido cincuenta y un años y formaron su propia familia, aunque muy lejos de Brooklyn. Martha vivía en California y Eve en San Francisco; ambas habían tenido hijos y nietos y una vida próspera y feliz. Se casaron con buenos hombres y las dos se decantaron por la carrera de derecho, ejerciendo la profesión de su abuela con éxito. Amy tenía cinco nietos y tres bisnietos a los que veía en navidades y en verano, cuando sus hijas la iban a visitar. A pesar de haber formado una gran familia, Amy vivía sola en la casa que la vio nacer. Conservó la que fue propiedad de los Lee que Paul dejó a su nombre. En la actualidad, la había alquilado a una joven pareja con la ilusión de emprender su nueva vida allí. Tapió la buhardilla para ocultar el portal del tiempo de la casa de los Lee, para que nadie pudiera viajar con tan malas intenciones como las de Rachel Miller, tan lejana en el tiempo y olvidada. Aquel portal era diferente al de Paul, lo sabían. Su color rojo no auguraba nada bueno; te atrapaba con su veneno y todo aquel que viajaba a través de él acababa convertido en un Monstruo.

Esos maravillosos años

Brooklyn, Nueva York

Les encantaba dar paseos por Brooklyn. Paul siempre le ofrecía su brazo a la débil y vieja Amy, al que se aferraba con fuerza para poder caminar. A menudo se sentaban en el café que seguía resistiendo el paso del tiempo y, aunque había sido remodelado en dos ocasiones, seguía manteniendo el encanto de años anteriores. Paul y Amy, sentados en la mesa que había junto al ventanal, pasaban horas observando a la gente pasear por las calles. Imaginaban sus vidas por las miradas que mostraban; la gente no parecía haber cambiado tanto con el paso de los años. Solo sus vestimentas y peinados eran distintos pero, efectivamente, las almas siguen siendo las mismas.

Paul se encargaba de cocinar. Amy le enseñó a preparar la pizza que solía hacer April cuando ella era joven y, como suele suceder, el pupilo superó al maestro. Paul tenía un don; su pizza era la más rica que Amy había probado jamás. Por la noche, Paul le leía historias sin saber que estas procedían de la poderosa imaginación del que fue su hijo Robert, un gran escritor que Amy descubrió poco después de que Paul se marchara para salvarla del incendio de 1998. Escribía bajo el pseudónimo *Un Lee*. Fue una casualidad toparse con sus escritos, pero sabía que, incluso ese pequeño detalle, también estaba escrito en su destino. Supo de inmediato que se trataba de Robert, cuando leyó la última novela que dejó publicada en 1989: *El viajero del tiempo perdido*. En ella pudo reconocerse; también vio en las palabras del protagonista a Paul y en la ira del personaje malvado y oculto en las sombras hasta un inesperado final, a Rachel. Gracias a April, supo que Rachel había cambiado el transcurso de la historia y eso provocó que fuera Robert quien muriera salvándole la vida cuando solo tenía once años. Hacía tiempo que había dejado de pensar en ella. En Rachel. Nunca sintió resentimiento hacia ella, solo lástima. Pensó en lo miserable que había sido su vida si en los últimos años solo conoció el rencor, el odio, la ira y la sed de venganza.

Al viajero y a la anciana, también les gustaba relajarse con el cine. La mayoría de películas que veían eran románticas, aunque Amy nunca llegaba a verlas hasta el final. Se quedaba profundamente dormida en brazos del joven Paul. Él la observaba, viendo a su *pequeña* amiga sonreír. Quería pensar que soñaba con él. Con tiempos pasados en los que las risas eran los protagonistas indiscutibles de cada juego infantil en la buhardilla. Era cierto. Amy soñaba con Paul. Siempre soñaba con él y con todas las personas que la acompañaron en su viaje: Sus padres; los Lee; April y John; sus hijas y los nietos y bisnietos que le habían dado. Incluso a veces veía a Robert, a quien le debía la vida que había tenido y le agradecía también sus amables palabras hacia ella y la generosa descripción sobre su físico en la novela que tanto le había gustado.

La vida... qué rápido había pasado. Fue apenas un suspiro.

Amy tuvo la gran fortuna de vivir los cuatro últimos años de su vida junto a su gran amor. Paul se desvivía en todo momento por la anciana. Entre ellos se forjó una gran amistad en honor a la infancia feliz que tuvieron juntos. Paul aún no sabía mucho de su futuro, solo —y ya era suficiente para él— conocía el amor que viviría durante años con Amy y las hijas que tendría, así como detalles de sus próximos viajes en el tiempo para que la historia siguiera su curso. No podría cambiar nada, ya era muy tarde.

Paul tuvo la oportunidad y el privilegio de conocer a sus hijas ya mayores y a sus nietos y bisnietos. Martha y Eve ya conocían la historia de sus padres desde hacía tiempo y, aunque sus maridos pensaron que era un asistente social que acompañaba a la anciana en sus últimos años de vida, ellas demostraron todo el afecto y el cariño que le tenían. Era su padre y aún recordaban el último cuento que les leyó la última noche que lo vieron. Más joven, más inexperto, pero con la misma esencia de lo que sería él años después. Durante los días que las mujeres visitaron a su madre, aprovecharon al máximo el tiempo perdido con Paul, al que no le costó quererlas desde el primer momento, sintiéndose extrañamente el padre joven de dos señoras mucho más mayores que él.

El día doce de marzo de 2070, casualmente el mismo día y el mismo mes que llegó a las vidas de April y John años atrás, Amy decidió irse. Estaba acostada en la misma cama en la que hacía ciento cincuenta años, una joven Martha Stuart le había dado la vida.

Empezó a sentirse mal. Su cuerpo se debilitaba y su alma pedía a gritos libertad. Débilmente, llamó a Paul, que acudió a la habitación enseguida.

—Me voy, Paul...

—No, Amy... aún no.

—Sí mi vida, es el momento —dijo la anciana, acariciando su joven rostro—. No sientas pena, tienes una vida bellísima por delante... disfruta del tiempo que tienes. Vive... Yo te estoy esperando. ¿Recuerdas qué te dije? ¿Lo que tienes que hacer para que vuelva a recordar? —Paul asintió. Apenas veía con claridad a la anciana; sus lágrimas le nublaban la visión.

Amy o Emily, qué más daba, dirigió su mirada emocionada hacia la ventana. Ella estaba viendo algo que él no.

—Me estás llamando, Paul.

—Entiendo —asintió Paul, besando con cariño la mejilla de la anciana y dejándola ir—. Te quiero.

—Te quiero. Siempre.

Amy cerró los ojos. Una lágrima recorrió su arrugada y pálida mejilla, y una sonrisa quedaría eternamente marcada en su rostro.

Mientras Paul lloraba su pérdida, el alma libre de Amy entrelazaba sus manos con las del amor de su vida, invisible a los ojos de los que aún respiran. Y así, desaparecieron del dormitorio, para subir a las estrellas y estar juntos eternamente. Los podrás ver en el firmamento, cuando decidas olvidar por un momento tu ajetreada vida y disfrutar del gran placer de observar en silencio las estrellas. No son las más grandes, pero sí las distinguirás del resto por su brillo deslumbrante. Tan deslumbrante como lo fue su amor. Permanecen juntos, por siempre unidos, tras una efímera y nada habitual visita a la tierra, que les dio la oportunidad de unir sus almas.

¿Los ves?

Están ahí, observándonos. Especialmente a los que, por amor, son fieles a ellos mismos y a lo que desean. No temen, arriesgan. Y siempre se dejan llevar por sus sueños.

CPSIA information can be obtained
at www.ICGtesting.com
Printed in the USA
LVHW03s2058170918
590431LV00002B/250/P

9 781539 151975